[Author] 柚本悠斗
[Illust.] magako
[キャラクター原案] あさぎ屋
クラスのぼっちギャルを
お持ち帰りして
清楚系美人にしてやった話
Class no botti GAL wo
omotikaeri shite
seisokei-bijin ni siteyatta
hanashi

「……私、
家がないの」

「よかったらうちに来る？」
「え……？」

「いってらっしゃい」
玄関先で葵《あおい》さんに見送られながら
家を後にする。

「あ……」
そこには驚いた顔で頬《ほお》を紅く染める
葵さんの顔がすぐ近く。
!

[あかもり あきら]
明護 晃
[さざらし えいじ]
九石 瑛士
「大丈夫、わたしと
一緒に作ろ」
[あさみや いずみ]
浅宮 泉

[そうとめ あおい]
五月女 葵
「私、料理はあまりしたことないの……」
料理のきほん

CONTENTS

Class no botti GAL wo
omotikaeri shite
seisokei-bijin ni siteyatta
hanashi

クラスのぼっちギャルを
お持ち帰りして
清楚系美人にしてやった話

柚本悠斗

GA文庫

カバー・口絵・本文イラスト
magako

キャラクターデザイン
あさぎ屋

Prologue プロローグ

それは六月の上旬――。

紫陽花《あじさい》が見頃《みごろ》を迎えた、とある雨の日のことだった。

「……五月女《そうとめ》さん？」

学校帰り、スーパーで夕食の食材を買った帰り道のこと。

家の近くの公園で、傘も差さずにベンチに座っているクラスメイトを見かけた。

彼女の名前は五月女葵《あおい》といい、学校でも有名なギャルだった。

学校をさぼり気味でほとんど登校せず、派手な金髪のロングヘアーという見た目もあって悪い噂《うわさ》が絶えない。どこか人を寄せ付けない雰囲気があり、孤高のギャルといった感じの女の子。

そのためクラスメイトからも距離を置かれ、いつも一人で過ごしている。

五月女さんとは同じ中学出身だが、当時はクラスが離れていたこともあって全く接点はなく、高校に上がって同じクラスになるまで同じ中学だと気づかなかったくらいだった。

「……」

ただならぬ状況を前に、声を掛けるべきか一瞬迷った。

いつもなら学校はもちろん、街中で会っても声を掛けたりしない。

平凡な高校生である自分にとって、ギャルは住む世界が違う存在——とまでは言わないが、人を寄せ付けないオーラを放つ相手を前に、二の足を踏んでしまうのは仕方がないだろう。

でも、こんな雨の中、どこか寂《さび》しそうにしている姿を見て声を掛けずにはいられなかった。

「五月女さんだよね？」

勇気を出し、手にしていた傘を五月女さんの頭上に差し出しながら声を掛ける。

俺《おれ》に気づいた五月女さんは、俺の顔を見上げながら声を漏《も》らす。

「……明護君《あかもり》？」

その声は、雨音にかき消されそうなくらい弱々しかった。

瞳《ひとみ》が濡《ぬ》れているように見えるのは降りしきる雨のせいか。

「こんなところでなにしてるの？」

「別に、なにもしてない……」

そう答える表情からは、感情のようなものは見て取れなかった。

「いつまでもこんなところにいると風邪ひくよ」

「大丈夫だから、放っておいて」

そっけない声音《こわね》は明確な拒絶の意思を露《あら》わにしている。

その態度に一歩引きかけたが、この状況で『はいそうですか』というわけにもいかない。

「雨も酷《ひど》くなってきたし、そろそろ家に帰ったら？」

暗がりの中、目を凝らして見てみると、制服は雨に打たれて濡れているだけではなく、ところどころ薄汚れていた。まるで数日は同じシャツを着続けているかのようなしわも目立つ。

五月女さんはしばらく黙り込んだ後、独り言のように呟《つぶや》いた。

「……私、家がないの」

まさかの言葉に耳を疑った。

「家がないってどういうこと？」

「………………」

五月女さんは答えずに口を噤《つぐ》む。

明らかに訳ありなのは疑う余地もない。

いや、最初から訳ありなんだろうとは思っていた。

不登校気味で悪い噂が絶えない金髪ギャルが、こんな時間に雨が降っているにも拘《かか》わらず傘も差さずに公園にいる時点で、人に言えないような事情を抱えていることくらい想像がつく。

ただ、そんな返事が返ってくるとは思ってもみなかっただけ。

なんて言葉を掛けるべきだろうか？

そう思うよりも早く口にしていた。

「よかったらうちに来る？」

「え……？」

あとになって思えば、我ながらよくこんな言葉を掛けたよな。

関《かか》われば明らかに面倒事に巻き込まれる。

仲良くもない相手の事情に、自ら進んで首を突っ込む必要はない。

そうわかっていたのに、普段は絶対に声も掛けない金髪ギャルを放っておけなかったのは、
たぶん……寂しそうにしている姿を見て、とある女の子の姿を思い出したからだろう。


古い記憶をかき分けた先に、一人佇《たたず》む小さな女の子の姿――。

幼稚園の頃、初めて恋をした時の思い出――。


「ずっとここに居続けるわけにもいかないだろ。なにがあったか知らないけどさ、とりあえず
雨風しのげるところでゆっくり考えてみるのも悪くないと思うよ」

五月女さんは無表情ながら、その瞳に驚きの色を浮かべている。

しばらくすると、ようやく表情を崩し。

「……本当にいいの？」

悲しみと戸惑いが混ざったような顔を向けてきた。

その表情を見て、忘れていた記憶が蘇《よみがえ》ってくる。

そう——あの子もいつも、こんな顔をしていた。

「もちろん。五月女さんがよければだけど」

「……お願いできると、助かる」

「ああ。じゃあ行こうか」

二人で一緒に傘に入り、肩を並べて歩き出す。

こうして俺は、クラスのぼっちギャルを『お持ち帰り』したのだった。

第一話　クラスのぼっちギャルと同居

健全な男子高校生なら、誰《だれ》しも一度は女の子との同居生活を想像したことがあるはずだ。

好きなあの子や、学校で一番可愛《かわい》いと噂《うわさ》されている女の子。ある日突然、親の再婚で出来た血の繋《つな》がらない義妹だったり、もしくは近所に住んでいるきれいでお金持ちなお姉さんと。

まるでドラマや漫画のような、青春という名の妄想の一ページ。

別に悪いことじゃないさ。

思春期の男子なら誰もが経験する通過儀礼のようなものだ。

もちろん、俺《おれ》がその手の妄想をしたことがあるかと聞かれれば、当然ある。

両手両足の指を合わせても足りない上に、そんな妄想をしているうちに興奮して眠れなくなって朝を迎え、眩《まぶ》しい朝日と爽《さわ》やかな小鳥の鳴き声に虚しさを感じたこともある。

あの死にたくなるような虚無感を、健全な男子高校生ならきっと理解してくれるはず。

そんな俺の悲しい体験談は置いといて。

俺たちが憧《あこが》れてやまない女の子との同居を実際にしている奴《やつ》はいるわけで、そんな奴らには賛辞と一緒に爆弾を送って差し上げたい。リア充爆発《じゅうばくはつ》しろ。もげてしまえ。

そんなどこの誰ともわからない男たちに嫉妬《しっと》をしつつ、女の子との同居生活なんて学生の身分では叶《かな》わない夢物語だからこそ憧れているというのは弁《わきま》えている。

叶うとしたら、いつか大人になって彼女ができてから。

なんて思っていたんだが——。

「ここが俺の家。遠慮しないで上がって」

「お邪魔します……」

まさか自分が嫉妬を向けられるような立場になるとは思ってもみなかった。

「とりあえず風呂《ふろ》に入ってきなよ。えーっと、タオルと……これ、俺の部屋着だけどよかったら着て。風呂場は廊下を出て左。シャンプーとかはあるやつを適当に使っていいから」

いつまでも濡《ぬ》れたままってわけにもいかない。

まずは風呂に入ってもらおうと思い、五月女《そうとめ》さんに必要なものを渡す。

「ありがとう……」

「ああ。ごゆっくり～」

風呂場へ向かう五月女さんへ呑気《のんき》に声を掛けて見送った。

「……いやいや、なにやってんだ俺は!?」

リビングに自分への突っ込みの声が響く。

クラスメイトとはいえ、仲良くもない女の子を家に上げるなんてどうかしている。

あのまま放っておくわけにもいかなかったとはいえ、咄嗟《とっさ》に出た言葉が『家にくる？』だもんな……我ながら大胆なことをしたもんだと驚いてしまう。

「まさか、本当についてくるとは思わなかったけど……」

なんだか考え方によってはすごく順調にことが進んでいる気がする。

以前、なにかの雑誌で読んだことがある。

女の子を家に誘ってオーケーだった場合、あれやこれやもオーケーらしい。

「……いや、ない！　絶対ない！」

仮にあったとしても何かのトラップに違いない。

据え膳食わぬは男の恥とかいう言葉を信じ、いただいた挙げ句に同意がないとか言われて警察署に駆け込まれ、人生が終わった奴らの話なんてネットを探せばいくらでも転がっている。

迂闊《うかつ》なことをすれば俺がそうなってもおかしくない。

お巡りさんに連行されて事情聴取を受けている自分の姿を想像してみる。

『女子高生を家に連れ込むなんて羨《うらや》ましいやんけ』『いや、やましい気持ちがあったわけじゃないんです』『嘘《うそ》つけ。一ミリくらいは思ってたんやろ？』『一ミリくらいは……』『逮捕☆』

事情聴取という名の誘導尋問って怖いよな。

今は迷子の子供に声を掛けるだけで通報される世の中らしい。

世の中世知辛《せちがら》すぎるだろ……なんて思いつつ、善意があっても捕まるんだから、やましい気持ちがゼロかと聞かれたら即答できない俺が言い逃れできるとは思えない。

さよなら俺の青春。来世ではもっと上手《うま》くやるんだぞ。

「……バカなことを考えてないで夕食でも作るか」

一通り妄想に励んだおかげか逆に冷静になった俺。

溜《た》め息《いき》交じりに気持ちを落ち着かせ、料理に取り掛かりながら考える。

そもそも俺の好みは不愛想な金髪ギャルじゃなく、おしとやかな清楚《せいそ》系美人……じゃなくて、とりあえず事情を聞いて、それからどうするか考えるのが妥当だろうな。


料理を作り終えた頃、風呂場のドアが開く音が響いた。

ドライヤーの音がリビングまで響いてくる中、作った夕食をテーブルに運ぶ。

何があったかは知らないが、人間腹が減っていると自暴自棄になったりするらしい。とりあえず腹いっぱい食べて落ち着けば、事情の一つや二つ話してくれるかもしれない。

まぁ、俺がなにかしてやれるかどうかは別として。

なんて考えていると、しばらくして五月女さんがリビングへ戻ってきた。

「お風呂、ありがとう」

「あ、ああ……」

風呂上がりの五月女さんに目を向けて、思わずドキッとしてしまった。

少しだけ湿った長い髪に、温まったことでほのかに紅《あか》く染まった頰《ほお》。

なにより、女の子が男物の部屋着を着ているアンマッチなシチュエーションに男のロマンを感じざるを得ない。しかも着ているのが自分の部屋着なんだから最高すぎる。

これが純白のワイシャツだったらなおよかった……！

「どうかした？」

「あ、いや、なんでもない！」

頭の中を悟られまいと、視線を逸《そ》らして平静を装う。

深呼吸をして煩悩を振り払い、笑顔を作って声を掛けた。

「ちょうど夕食の用意ができたから一緒に食べようぜ」

「ごめんね。なにからなにまで」

「気にしなくていいさ」

向かい合って座り手を合わせると、五月女さんはスプーンを手にゆっくりと口に運ぶ。

「美味《おい》しい……」

そう呟《つぶや》く顔に、ようやく生気のようなものが見て取れた。

「明護《あかもり》君、料理上手だね」

「ただのチャーハンだけどな」

そんなやり取りをしていてふと思う。

今まで一度も話をしたことがないいし、学校では誰とも話をしない孤高の金髪ギャルだから、もっと塩対応されて会話に困ると思っていたんだが……意外と普通に話せている。

風呂に入って夕食を口にして、少しは落ち着いたからだろうか？

だからといって五月女さんが事情を話してくれるかはわからないが、これなら過剰に緊張する必要もないのかもしれない。

相手に事情を聞く前に、まずは自分の事情を話して様子を窺《うかが》う。

「一人暮らしを始めてから、多少は料理も上手くなったかな」

「一人暮らし？」

五月女さんは驚いた様子で辺りを見回す。

家の中には最低限の家電や家具のみで、とても複数人が生活しているようには見えない。

その光景を見て、五月女さんは納得した様子で俺に視線を向け直した。

「俺さ、一時的に一人暮らしなんだ。高校の合格が決まった直後に父さんが転勤することになって、母さんと妹の三人は先に引っ越してさ。俺は高校入学を控えていて転校するにできない状況だったから、二年になるタイミングで転校することにしようって」

「そうなんだ……」

「だから、もしよかったら教えて欲しい」

俺はスプーンを置いて五月女さんと向き合う。

「話したくないなら無理には聞かないし、聞いたとしても口外するつもりはない。いずれ転校を控えてるから、俺から話が漏《も》れることもない。五月女さん……家がないってどういうこと？」

そう尋ねると、五月女さんは俯《うつむ》いたまま口を噤《つぐ》む。

「うちね……」

しばらくすると、ぽつりと漏らし始めた。

「小さい頃に両親が離婚して、お母さんと二人で暮らしてたの。うちは貧乏だから少しでも生活費の足しになればと思って、高校に入学してからは学校を休んでアルバイトをしてたんだ。だけど……数日前にアルバイトから帰ったら、お母さんがいなくて」

「いなくなったって……書き置きとかは？」

「なかった。たぶん男の人と出ていったんだと思う。少し前に彼氏ができたみたいだから」

口の中に苦みが広がる。

さっきまで不健全な妄想をしていた自分をぶん殴りたくなった。

「その後、大家さんから家賃を滞納していたのを聞かされて、払える見込みがないから最低限の物だけ持ってアパートを出てきたの。お金も少なくなってきて、アルバイト代が入るのもしばらく先だから……仕方なく公園にいたんだ」

ありえない。ありえないだろ。

娘がまだ高校生になったばかりなのに、しかも家計を助けるためにアルバイトを頑張っている間に男と出ていくなんて。

親として以前に、人としてありえなさすぎて眩暈《めまい》がする。

「これからどうするつもりなんだ?」

込み上げる感情を抑えることはできない。

それでも精いっぱいの冷静さを保って尋ねる。

「わからない……どうしたらいいんだろう」

小さく溜め息を吐《つ》きながら答える声は、わずかに震えていた。

「行く当てがないならさ、しばらくうちで暮らさないか?」

「え……?」

五月女さんは驚いた様子で俺を見つめた後、小さく首を横に振った。

「こうして家に上げてもらっただけでも迷惑を掛けてるのに、これ以上は……」

そう答えるのは当然だろう。

同じクラスで見知った仲とはいえ、いくら住む場所に困っているとはいえ、いきなり一人暮らしの男に一緒に住もうと言われて受け入れる女の子なんていやしない。

困るだろうし遠慮もするだろうし、なにより警戒だってするだろう。

「迷惑なんてことはないさ」

でも、困惑する五月女さんの姿を目にして、気が付けばそう口にしていた。


俺には関係ないんだから放っておけばいい――。

人の家の事情に踏み込むなんてどうかしてる――。

高校生の自分がしてやれることなんてほとんどないだろう――。


そんなこと、頭では理解している。

それでも五月女さんの境遇を聞いて、やっぱり放っておけないと思った。

そう強く思ったのは……たぶん、とある女の子のことを思い出したからだろう。

ついさっきまで忘れていた幼稚園の頃の記憶。

当時、俺は一人の女の子に恋をしていた。

その子はいつも教室の隅で一人寂《さび》しそうにしていて、話しかけてもほとんど返事をしてくれなくて、そんな姿が妙に気になって……気が付けば好きになっていたんだと思う。

公園で五月女さんの姿を見た時、その子の寂しそうな姿とダブって見えた。

俺は、あの女の子になにもしてやれなかったことを、未《いま》だに後悔しているのかもしれない。

「家に泊めるからってなにかを要求するつもりはないし、変なことをするつもりもない。空いてる部屋があるから自由に使っていい。もちろん、さっき言った通り五月女さんの事情を勝手に話したりしない。困った時はお互いさまだろ？」

自分でも必死になって引きとめている自覚はあった。

でもここで見捨てたら、あの時と同じように後悔をすると思ったんだ。

「……本当にいいの？」

「ああ」

すると五月女さんは首を縦に振り。

「じゃあ、しばらくお世話になってもいい？」

「もちろん」

こうして俺たちの同居生活が始まった。

「でも、一つだけ約束して欲しいことがあるんだ」

「約束？」

「家賃も光熱費も掛からないんだからアルバイトは程々《ほどほど》にして、ちゃんと毎日学校に通って欲しい。生活のことは俺がなんとかするから、普通の生活を取り戻して欲しいんだ」

五月女さんは考えるような仕草を見せると。

「わかった……ありがとう」

申し訳なさそうな表情を浮かべながら感謝の言葉を口にする。

その顔が、しばらく俺の頭から離れなかった。

＊

翌朝、俺はいつもより早く起きて朝食の準備をしていた。

一人暮らしを始めてからは作るのが面倒で朝は食べずに登校していたが、五月女さんと暮らすことになったからには面倒なのを理由に作らないわけにもいかない。

俺はともかく五月女さんまで朝食抜きは可哀想《かわいそう》だろう。

「朝食を食べるなんていつ以来だろ」

なんて口にしながら味噌汁《みそしる》の味見をしてみる。

五月女さんがパン派かごはん派かわからなかったから、とりあえずごはんにしてみた。

おかずは味噌汁に目玉焼き。前に作り置きしておいたきんぴらや買っておいた漬物など。簡単なものばかりだが、朝食はこんなものだろうと自分に言い聞かせて納得する。

テーブルに運んで五月女さんを待つが、いつまで経《た》っても起きてこない。

「五月女さん、まだかな」

リビングの時計に目を向けると七時を少し回ったところ。

まだ時間に余裕はあるが、何時に起きてくるんだろう？

「……まさか」

すると、ふと頭に嫌な考えがよぎった。

まさか風邪をひいて寝込んでいるんだろうか？

昨日の夜、いつから公園にいたかはわからないが、あの濡れ具合から相当な時間、雨に打たれていたはず。風呂で温まったとはいえ、熱が出ていてもおかしくない。

心配になり、五月女さんが寝ている部屋の前に足を運んで耳を澄ます。

中から物音はしなかった。

「五月女さん？」

軽くノックをして声を掛けてみるが返事はない。

寝ているところを邪魔しちゃ悪いと思いつつ、ゆっくりとドアを開けて中に入る。

すると五月女さんは、まだベッドの上でぐっすりと眠っていた。

体調を崩していないか確認しようと顔を覗《のぞ》き込むと、穏やかな寝顔を浮かべている。特に顔色が悪いわけでもなく、汗もかいていないし苦しそうにしているようにも見えない。

「よかった……」

安堵《あんど》の溜《た》め息《いき》が漏れる。

それにしても、こうして改めて見てみると本当に整った顔をしている。

小さな顔に配置されている顔のパーツはバランスよく整っていて、瞳《ひとみ》を閉じていることで強調される長いまつ毛に、ほんのりと紅く染まっている唇。白い肌はシミの一つもない。

金色に染められて傷んでいる髪とは対照的な美しさ。

女の子の顔をこんなに近くで見たのは初めてかもしれない。

「こうして寝顔だけ見てると、とてもギャルには見えないんだけどな」

「んん……？」

「――!?」

寝顔に見惚《みと》れていると、不意に五月女さんが目を覚ました。

ヤバい――寝ているところを覗きにきたと思われたらまずいと思い、咄嗟《とっさ》に身を隠そうとするが間に合うはずがない。

「……どこ？」

五月女さんは身体を起こすと、寝ぼけた様子で辺りを見回した。

ぽーっとした感じのまま首を傾《かし》げ、しばらくすると俺に気づいたらしい。

「明護君……そっか。私、明護君のお家に泊めてもらったんだっけ」

「あ、ああ。思い出した？」

「うん。おはよう……」

「お、おはよう」

そう口にする五月女さんだが、身体を起こしたものの二度寝しそうな勢い。

頭をふらふらさせながら瞳を閉じて、夢の世界へ戻ろうとしている。

「朝食の準備ができたんだ。リビングで待ってるから顔洗ってきな」

「うん。そうする……」

五月女さんはベッドからもそもそと起き上がり、部屋を後にしようとして。

「いたっ」

ドアにおでこをぶつけて声を上げた。

「大丈夫……？」

「ん。大丈夫」

そう答えると、おでこをさすりながら洗面所へと消えていった。

なるほど。どうやら五月女さんは朝が弱いらしい。


少しすると、五月女さんはまだ眠そうにしながらリビングにやってきた。

やっぱり女の子が男物の服を着ている姿って眼福だよな。

「おはよう。食べようか」

「うん。ありがとう」

昨晩のように向かい合って座り手を合わせる。

「いただきます」

「いただきます」

五月女さんは箸《はし》を手にし、味噌汁を口に運ぶ。

「朝はパン派かごはん派かわからなかったから、とりあえずごはんにしたんだけど」

「私はごはんの方が好きだよ」

「そっか。ならよかった」

会話もそこそこに食卓は静寂に包まれる。

「「…………」」

どうしよう……気まずい！

相手がギャルとか関係なく気まずい！

昨日は家に連れ帰った勢いもあって普通に会話できたが、こうして改めて面と向かうと、どうにも気まずい。それは五月女さんも同じようで、俺たちは会話もなく食事を進める。

それも仕方ない。

お互いに見知っていた仲とはいえ、話をしたのは昨日が初めて。

昨晩からずっと『本当にこれでよかったのだろうか？』と自問自答を繰り返している。

ちなみに五月女さんに使ってもらった部屋は妹の部屋で、当然妹のベッドで寝てもらった。

妄想の中では当然のように女の子と一緒のベッドで寝るシーンを想像していたが、同じような妄想をしている男子中高生諸君には声を大にして言いたいことがある。

現実はそう甘くないぞ！

そもそも俺に女の子をベッドに誘うような度胸があるはずもない。

そんな度胸があったら妄想なんてせず、とっくに彼女を作っている。悲しい。

俺の話はおいといて、実は家族の引っ越しをする時、定期的に俺の様子を見に誰かしら来るだろうという話になり、家族みんなのベッドと最低限必要なものは残しておいた。

まさかこんなことで役立つとは思わなかったけどな。

「ごちそうさまでした。明護君、食べないの？」

「ああ、いや。食べる食べる」

バカな妄想に精を出しすぎて食事も忘れていた。

慌てて朝食を口に運ぶんだけど、罪悪感で味がわからない。

「朝食を食べ終わったら学校に行く準備をしよう。一緒に登校するわけにもいかないから、俺は少し先に家を出る。五月女さんは後からゆっくり登校すればいいよ」

「でも私の制服……雨で濡れたままだから」

「それなら昨日の夜に洗濯して乾燥機にかけておいたよ」

俺はそう言いながらリビングの一角を指さす。

そこには洗濯済みの五月女さんの制服が干してあった。

「ありがとう……明護君、なんでもできるんだね」

「やらざるを得ない環境だっただけさ。中学までは家事なんて一つもしなかったから、一人暮らしを始めた当初は大変だったよ。でも人間、追い込まれたら意外とどうにかなるもんさ。だから五月女さんも、これからのこととか心配しなくても大丈夫。なるようになるさ」

「うん。そうだといいな」

　重い空気を払うために笑顔で口にしてみる。

　五月女さんはぎこちないながらも、小さく笑みを返してくれた。

「それと、これを渡しておくよ」

　俺はテーブルの上にキーホルダー付きの鍵《かぎ》を置く。

「これは……？」

「この家のスペアキー」

「いいの？」

「これからしばらく一緒に暮らすなら必要だろ？　いつも俺が家にいて見送ったり出迎えたりできるわけじゃないしさ。さっそく今日、学校に行く時に戸締まり頼むな」

「うん。わかった」

　こうして鍵を渡すと同居を始めるという実感が湧《わ》いてくる。

「それと、一つ提案なんだけどさ、お互い名字《みょうじ》で呼び合うのやめない？」

「え？」

「これから一緒に暮らすんだし、変に他人行儀なのもあれだろ？　最初は慣れないかもしれないけど、名前で呼び合う方がいいかなと思ってさ。だから俺のことは晃《あきら》って呼んでよ」

「うん。わかった。私のことも葵《あおい》でいいよ」

距離を縮めるためには形から入るのも大切だよな。

そんな感じで、食事を終えた俺たちは学校へ行く準備を始めた。

＊

俺たちの通う高校は、家から徒歩で十五分ほど離れた場所にある。

受験の際、俺が高校を選ぶ基準の一つとして家の近くというのがあった。

というのも、小さい頃から転勤族の父さんに付き合って転校を繰り返していた俺は、転勤の度に通勤に悩まされる父さんの姿を見てきたからだ。

都内にいた時は満員電車に揺られて片道一時間以上かけ、地方にいた時は車で三十分。場所によっては徒歩とバスを乗り継いで出勤することもあり、ずいぶん大変な思いをしていた。

そんな姿を目にし続け、心底通勤や通学に時間をかけるのは無駄だと感じたからだ。

そんなわけで、学力的に適していたこともあって迷わず近場の高校に進学を決めた。

ギリギリまで寝ていられる喜びを同じ高校生なら理解してもらえるはず。

とはいえ、葵さんと同居を始めたから今後はそうもいかないんだが。

「晃、おはよう」

学校に着いて教室の自席に座っていると、挨拶《あいさつ》と共に肩を叩《たた》かれた。

振り返ると、見慣れた男子生徒の姿が目に入る。

「おう。瑛士《えいじ》おはよう」

見るからに落ち着いた雰囲気の好青年。

こいつは九石《さざらし》瑛士といい、中学からの付き合いで昔の俺を知る唯一の友達だ。

中学からの付き合いなのに昔を知っているという言い方に疑問を持たれるかもしれない。

既に何度か話しているように、俺の父さんはこれまで何度も仕事の都合で転勤を繰り返していて、実はこの街には幼稚園の頃に一度住んでいたことがあった。

当時、瑛士とは同じ幼稚園に通っていて、いつも二人で遊んでいたほど仲が良かった。

中学一年の途中でこの街に戻ってきた時、数年ぶりに再会を果たしたんだが、あまりにもイケメンに成長していて瑛士から声を掛けられるまで全く気が付かなかった。

「あれ？　今日は泉《いずみ》と一緒じゃないのか？」

「一緒だよ。クラス委員の仕事で職員室に寄ってからくるってさ」

泉はこのクラスのクラス委員にして瑛士の彼女。

瑛士と中学の頃から付き合っていて、いつも仲良く二人で登校している。

当時から名物カップルとして知られていた二人は、高校進学後も他の生徒の視線もはばからずにイチャイチャしているため、すでに高校でも有名なカップルとして認知されている。

そんな仲睦《なかむつ》まじい様子を間近で見せつけられる俺の身にもなって欲しい。

そんな瑛士の彼女、泉がどんな女の子かというと。

「瑛士君、おまたせー♪」

陽気な声が響くと同時、瑛士に抱き付く女の子の姿。

ナチュラルに色の薄い茶色のショートカットと、下がり目の愛くるしい瞳が目を引く可愛い系女子。見た目の通り愛嬌《あいきょう》に溢《あふ》れたテンション高めの彼女が瑛士の恋人、浅宮《あさみや》泉だった。

「おかえり。クラス委員の仕事お疲れさま」

「ありがとう！　わたしの彼氏は優しいな～愛してるぞ！」

「僕も愛してるよ」

朝っぱらから教室の中心で恥ずかしげもなく愛を語り合う二人。

泉の頭を撫《な》でる瑛士と、そんな瑛士に引っ付きまくって甘える泉の姿。

見慣れた光景にクラスメイトたちは驚くこともなく微笑ましい視線を向けている。

それはさておき、泉はこんな感じで元気すぎるくらいに元気いっぱい。

クラスのムードメーカー的な存在で、クラス委員長を引き受けるくらいには責任感もあり、友達になにかあれば、たとえ手に負えないことだろうとお構いなしに手を差し伸べる。

そんな泉のスタンスは生徒や教師からも支持され、いわゆるクラスの人気者だった。

落ち着いた瑛士とはあまりにも真逆のタイプなのに、なぜか気が合うらしい。

男と女ってのはよくわからん。

「あ、晃くんもおはよう！」

「思い出したみたいに言ってくれるな」

「思い出したと言えばそう、今日は学校に来てるみたいだよ！」

泉が頭に電球でもついたような表情を浮かべた直後、教室のドアが音を立てて開く。

すると歓談をしていたクラスメイトが声を潜め、教室の雰囲気ががらりと変わった。

みんなの視線の先。

教室の入り口に目を向けると、そこには葵さんの姿があった。

「「「……」」」

無言で葵さんを見つめるクラスメイトの冷たい視線。

教室のあちこちから『学校に来るなんて珍しいね』『いつ以来だっけ？』『ていうか、存在を忘れてたわ』などなど、決して好意的とは取れない言葉がささやかれる。

当然、葵さんにも聞こえているが気にした様子もなく席に着く。

するとクラスメイトたちは、まるで何事もなかったかのように歓談を再開した。

このリアクションが、葵さんのクラスでの立場を如実に表している。

俺は瑛士と泉と共に、その光景を黙って眺めていた。

「葵さんが登校してくるのは久しぶりだね」

「しばらく休んでたから心配してたんだ。来てくれてよかった〜」

泉は安堵《あんど》した様子で声を漏らした。

「わたしちょっと声掛けてくるね！」

「うん。いってらっしゃい」

「葵さーん！　おっはよーう♪」

泉はクラスメイトの視線なんて気にせずに葵さんに声を掛ける。

このクラスで葵さんを無視していないのは泉だけ。

それはクラス委員としての立場もあるんだろうけど、それ以上に、性格的に世話焼きな部分が大きい。さすがは自らクラス委員に立候補するだけはある。生まれながらの世話焼き体質。

ただ、そんなフランクすぎる泉を葵さんが受け入れているかどうかは別で。

「……おはよう」

一言返しただけで、泉がいくら話しかけても塩対応を決め込む。

家では普通に話していたのが嘘のような孤高の金髪ギャルっぷり。

「今日は学校に来たんだね。元気だった⁉」

「……普通」

「そっか！　普通が一番だよね！」

それでもめげずに笑顔で話しかける泉のメンタルの強さときたらもう。

そんな見慣れた光景を眺めながら、ふとこれからのことが頭をよぎった。

俺の家に住むことになって、当面の生活は大丈夫だろう。

少なくとも俺が転校するまでは葵さんが居場所に困ることはない。

金銭的な問題も、俺が親からもらっている生活費をやりくりすれば二人で暮らしていくくらいはなんとかなる。

葵さんもアルバイトをしているし、いずれある程度の金銭的余裕もできるだろう。

でも――俺が転校した後はどうなる？
それまでに住む場所が決まればいいが、もし決まらなかったとしたら？

また住む場所を失くして、学校にも居場所はない。

今度こそ葵さんに手を差し伸べてくれる人はいないかもしれない。

少なくとも今のままでは、誰も葵さんの力になろうとなんて思わないはずだ。

泉がどれだけ世話を焼いたとしても、クラスメイトが葵さんを受け入れるのは簡単じゃないだろう。少なくとも、葵さんの方から歩み寄らない限りは。

それはクラスメイトだけではなく、教師に対しても同じことが言える。

不登校気味の金髪ギャル。当然のように、教師の評価も最悪だ。

「そんなに葵さんが登校してきたのが気になるかい？」

知らないうちに葵さんに視線を送り続けていたらしい。

瑛士にそう聞かれ、俺は慌てて視線を戻した。

「あ、いや……そういうわけじゃないんだけどな」

「じゃあどういうわけかな？」

「葵さんて、俺たちと同じ中学出身だよな？」

「うん。そうだよ」

「俺は全く接点がなかったし、中学一年の途中に転校してきたからよく知らないんだが、中学の頃からあんな感じなのかなと思ってさ」

「僕も泉も同じクラスになったことはないから詳しくはわからないけど、ギャルみたいになったのは高校に上がってからみたいだね。昔から一人でいることが多かったみたいだから、その辺は今と変わらないらしいけど」

「そっか……」

我ながら気の抜けた返事をし、改めて葵さんに目を向ける。

「……まぁ、困ったことがあれば力になるよ」

「別になにも困ってないけど、ありがとうな」

瑛士に返事をした直後、始業を告げるチャイムが鳴り響く。

俺は授業中もずっと、これからのことを考えていた。

第二話　金髪ギャルから黒髪清楚系美人へ

翌日の土曜日――。

俺《おれ》は葵《あおい》さんと近くのショッピングモールに足を運んでいた。

ここは市内に二つある大型商業施設のうちの一つ。

敷地内には映画館や温泉施設などがあり、年齢問わず楽しめる場所が揃《そろ》っている。そのため週末になると多くの人が集まり、今も施設内は家族連れや学生たちで溢《あふ》れかえっていた。

まぁ田舎《いなか》特有の他に遊び場がないってやつだ。

「とりあえず洋服から見ようか。制服のままだと落ち着かないだろうし」

「うん」

とりあえず近くのアパレルショップに足を運んだ俺と葵さん。

当たり前だが、女性向けのお店だけあって俺以外に男性の姿はない。

こんなことならＺＵ《ジーウー》とかＵＮＩＫＬＯ《ウニクロ》とか、男物も女物も両方置いてある店にすればよかったなんて思いつつ、完全なアウェー感に肩身の狭い思いをしながら店内を見て回る。

葵さんはどれにするか決めかねている様子だった。

「あまり気に入ったのがない？」

「ううん。そんなことないんだけど、少し目移りしちゃって」

「そっか。ゆっくり選べばいいよ」

「晃《あきら》君はどんな服が私に似合うと思う？」

「いや、俺の好みはいいから葵さんが好きなのを選びなよ」

「でも……お金を出してもらうわけだから、晃君が選んでくれると助かる」

マジか。まさかの大役が回ってきてしまった。

正直、俺は女性の服装に関してあまり詳しくない。

ていうか、俺に限らず男なんてみんな疎《うと》いだろう。

でも、いつか彼女ができたら『こんな服を着てデートしてくれたら嬉《うれ》しいな〜』なんて、スマホ片手にネットを見ながら理想のデートコーデを妄想したことくらいはある。

ちなみに俺の理想を言わせてもらうと、ずばり清楚系コーデの一択。

下はミニスカートよりも落ち着きのあるロングスカートで、上はスカートに合わせた色合いでまとめる。今の季節だったら明るめのシャツやブラウスを合わせればいい感じだろう。

特にプリーツスカートだったらそれだけで最高。女の子の穿《は》いているプリーツスカートを眺めながら、折り目の隙間《すきま》を永遠に指でなぞり続けたい。

誰《だれ》かわかってくれる人いない？

なんて俺の性癖は置いといて、ギャルの好きな服装なんて知らないんだが……。

「やっぱり派手な服の方がいいのかな？」

「え？　派手な服？　なんで？」

逆に聞き返されてしまった。

ギャルと言えばへそ出しとかミニスカなイメージだけど、最近は違うんだろうか？

一言でギャルと言っても、その見た目は時代によって千差万別《せんさばんべつ》。

なんでも昔はギャルといえば日焼けサロンで肌を真っ黒に焼いた『黒ギャル』が一般的だったらしいが、その後、対照的に美意識が高く肌の白さに拘《こだわ》る白ギャルなる女子も登場。

黒と白とかオセロかよって突っ込みは置いといて、なんでそんなに詳しいかって？

寝る前にギャルとの接し方がわからなくてスマホで調べたからだよ。

「私はどちらかといえば落ち着いた服の方がいいけど」

「清楚系とかでも大丈夫？」

「うん」

なるほど、第三勢力の清楚系ギャル派らしいです。いいね。

それならと店内を改めて見渡し、イメージに近いものを探す。

すると、店内に飾ってあるマネキンが目に留まった。

「葵さん、この組み合わせとかどうかな？」

マネキンが着ているのは、淡いピンクのカーディガンに下は白のロングスカート。シンプルながら派手すぎない色合いにまとめられていて清楚感も充分ある。

マネキンが着ているセットを選ぶのってどうなんだと思われそうだが、大した見識も持ち合わせていない俺が選ぶよりも、店員さんのセンスを信じる方が無難だろう。

「じゃあ、これにする。ちょっと着てみるね」

「ああ。俺はお店の入り口辺りで待ってるから」

「うん。待ってて」

試着室に向かう葵さんを見送り、店舗前の通路に置いてあるベンチに腰を掛ける。

いまさらだが、なんで葵さんと二人でモールに来ているのか?

それの理由は、昨日の夜に遡《さかのぼ》る——。

＊

「今日は冷えるな……」

午後から降り出した雨は、学校が終わる頃から激しくなり、夜になると雨が窓を叩《たた》く音が室内に響くくらいに激しくなっていた。

六月上旬、暦の上では初夏にあたるが、雨が降るとやや肌寒さを感じずにはいられない。

思わず厚手の部屋着を引っ張り出すくらいには涼しかった。

「葵さん、あの部屋着じゃ寒いよな……」

葵さんに渡したのは長袖《ながそで》とはいえ薄手の夏物。

自分の部屋のタンスから葵さんに着てもらう厚手の部屋着を見繕いながら思う。

葵さんは家を出る時に必要なものだけを持ちだしたと言っていたが、本当に必要最低限の私物だけだったんだろう。行く当てがなかったんだから持ち出せるものには限りがある。

家にいる時はいつも俺の部屋着だから、おそらく私服は持ってきていない。

さすがにこれからのことを考えると、私服を揃えないわけにもいかないだろう。

私服だけじゃない。女の子ならなにかと生活に必要な物もあるはずだ。

なんてことを考えながら、替えの部屋着を手にリビングへ戻る。

「葵さん、今日は寒いからお風呂《ふろ》上がったらこれ着なよ」

「いいの？　ありがとう」

部屋着を手渡すと、葵さんは膝《ひざ》の上に置いてお礼を口にする。

相変わらずその表情は、お礼を口にしていながら申し訳なさそうだった。

「ところで葵さん」

「なに？」

「明日なんだけど予定あったりする？」

「ううん。明日はなにもないよ。今までは土日もアルバイトだったけど、今後は平日の学校終わりだけにしてもらったの。ちゃんと学校に行くって、晃君との約束もあるし」

「そっか。じゃあ一緒に買い物に行かない？」

「え？」

そう提案すると、葵さんは驚いた様子で口を噤《つぐ》む。

まるで照れているみたいに頬《ほお》を赤く染めて俯《うつむ》いてしまった。

「無理にとは言わないけど……」

俺、何か変なこと言ったかな？

「ううん。大丈夫。ただ……男の人とお出かけするの、初めてだから」

「……はっ⁉」

瞬間、葵さんがどうして照れているかを察した。

まさか葵さん、俺がデートに誘っていると思ってる⁉

「ち、違うんだ！　そういうつもりじゃなくて、葵さんがうちで生活するのに必要な物を買いに行こうと思ってさ。日用品とか洋服とか、その他にも色々あった方がいいものあるだろ？一人で買いに行って大荷物になってもあれだから、荷物持ち手伝おうと思って！」

身振り手振りで言い訳みたいなことを口にしながらふと思う。

それを人は一般的に買い物デートって呼ぶらしいぞ。

「そっか。ちょっとびっくりしちゃって」

「いや、俺も説明不足で……なんかごめん」

「ううん。私こそ勘違いしちゃってごめんね」

なんとも言葉にしがたい微妙な空気が流れる。

「「……」」

相変わらず気まずい！

葵さんじゃないけど俺まで顔が熱くなってきた！

「誘ってくれるのは嬉しいんだけど、私あまり手持ちのお金がないの。次のアルバイト代が入るのは今月の下旬だから、それまではお金は使えないなって」

「大丈夫。お金なら俺が出すよ」

「そんな、悪いよ……」

「昔からいざって時のために無駄遣いせずに貯《た》めてきたお金があるし、こんな機会でもないと貯めっぱなしで使わないしさ。お互いの生活を快適にするためなら気兼ねなく使えるよ」

「……ありがとう」

葵さんはお礼を言う時、いつも困ったような表情をする。

境遇を考えれば仕方ないのかもしれない。

でも、その顔を見るのは少しだけ胸が苦しかった。

＊

そんなわけで、葵さんと買い物に来ているんだが……。

改めて辺りを見回してみると、それにしても人が多すぎるだろ。

あんまりのんびりしていると、ばったりクラスメイトに会いかねない。

これだけ人が多ければモール内に知り合いの一人や二人いてもおかしくないし、もし誰かに見られてしまったら確実に面倒なことになる。

俺と葵さんはクラスメイトというだけで、プライベートな関《かか》わりは一切《いっさい》なかった。

そんな俺たちが一緒にいるところを見られたら、隠れて付き合っていると思われるかもしれない。高校生にとって誰と誰が付き合ってるなんて話は、格好のネタみたいなものだからな。

いや……単に男女の仲を疑われるだけでは済まないだろう。

おそらく俺まで葵さんと同じように悪い噂《うわさ》を立てられる。

俺があれこれ言われるのは全く構わないが、それがきっかけで葵さんの事情や俺と同居を始めたことがバレるような事態だけは避けないといけない。

早々に用事を済ませて帰った方がいいな。

「お待たせ」

考えに没頭していると、試着をした葵さんがやってくる。

「ああ。早かった――」

「ど、どうかな？」

声を掛けられて顔を上げた瞬間、思わず息を呑《の》んだ。

初めて見る葵さんの私服姿は、想像以上に綺麗《きれい》だった。

自分で選んでおいてなんだが、めちゃくちゃ似合いすぎるだろ。

いや、俺はマネキンのセットを選んだだけだから、実際にすごいのはコーディネイトした店員さんなんだが、それをチョイスした俺もグッジョブすぎる。

女の子って制服と私服でこうも印象が変わるもんなんだな。

基本的に最高なんだが、一つ気になるとすれば……。

「似合ってない？」

見惚《みと》れてぼーっとしていたせいか、葵さんは不安そうに聞いてくる。

「いや、よく似合ってるよ」

「本当？　よかった」

「それは買うとして、他にも何着か買おうか」

「そんな何着も買ってもらえない……」

「気にしなくていいよ」

「でも……」

そうは言っても葵さんの気が済まないんだろう。

「じゃあさ、いつか余裕ができた時に返してくれればいいからさ」

きっと葵さんは、この先も俺がお金を出すという度にこんな顔をするんだろう。

葵さんは感謝の気持ちよりも、迷惑を掛けているという気持ちが勝っている。だからお礼を言う時ですら笑顔はなく、いつも困っているような表情を浮かべてしまう。

だから、少しでも気に病まなくて済む方法を提案したかった。

「アルバイト代の中から少しずつでもいいし、いつか働くようになってからでもいい。それまでは俺が立て替えておくから、返せるようになったら返してくれればいいからさ」

「本当にいいの？」

「もちろん」

「ありがとう。じゃあ、お言葉に甘えることにするね」

そう言って見せてくれた表情はまだぎこちない。

「じゃあ他にも見てみよう」

「うん」

それでも、初めて笑顔を見せてくれたことが嬉しかった。

その後、俺たちは改めて店内を見て回り、数着の洋服を購入してお店を後にした。

葵さんが使う日用品を買うためにドラッグストアや雑貨屋を巡り、一通り必要なものを買い揃えた頃には、気が付けばモールに来てから一時間半が経《た》っていた。

「葵さん、他になにか買いたいものある？」

「大丈夫だと思う……あっ」

何か思い出したようにはっとした表情を浮かべる葵さん。

「ん？　なにかある？」

「ううん。大丈夫」

口では大丈夫といいつつ、明らかに何か買い忘れに気づいた顔をしている。

「いいよ。せっかくだから付き合うよ」

「本当に大丈夫だから」

なぜか焦《あせ》っているような、恥ずかしそうな、そんな感じで遠慮をしてみせる。

なにを照れているかはわからないが……まぁ葵さんがいいならいいか。

「晃君は他に行きたいところある？」

「実はあるんだよね。最後に少し付き合ってくれる？」

「うん。もちろん」

葵さんを連れてモール内を少し歩くと、すぐに目的の場所に着いた。

「ここって……美容室？」

葵さんの私服姿を見た時、どうしても金髪が気になってしまった。

金髪にしている上にかなり伸ばしているせいもあって、見るからに傷んでいるのがわかる。

それに前に染めてから時間が経っているんだろう。頭頂部は見事なプリン状態。

清楚系の服装にしたんだから髪色も黒髪と言いたいところだが、どうするかは葵さんの自由。

金髪のままにするにしても、色むらは失くした方が綺麗になるだろうと思っていた。

「せっかく服を買ったんだし、髪も綺麗にしてもらおう」

「いいよ。それこそお金かかっちゃう」

「遠慮しなくていいから」

遠慮する葵さんの背中を押して半ば強引に店内へ入っていく。

「いらっしゃいませ」

美容室はお昼時だからか空いていて、手の空いている美容師さんがすぐに俺たちに気づいて出迎えてくれたんだけど……なんで男性美容師ってみんなイケメンなんだろうか？

イケメンを採用しているのか、イケメンが美容師を目指すのか？

仮に前者だとしたら採用基準に顔面偏差値って項目があるとしか思えない。

「すみません。予約してないんですけど大丈夫ですか？」

「はい。大丈夫ですよ。お二人様ですか？」

「俺は大丈夫なんで、こっちの子をお願いします」

「かしこまりました。では彼女さん、こちらへどうぞ」

「えっ……」

美容師さんが席に誘導しようとすると、葵さんは声を上げて足をとめた。

「葵さん、どうかした？」

「えっと、その……」

何かを言おうとして言葉が続かない葵さん。

少しすると、意を決した様子で口にする。

「すみません。彼女じゃないんです……」

「「……ん？」」

葵さんは申し訳なさそうに頭を下げる。

なんのことやら、頭に疑問符を浮かべる俺と男性美容師さん。

「えっと葵さん……俺の彼女って意味じゃなくて、代名詞的な彼女だと思う」

「え⁉　そうなの？　やだ……勘違いしちゃった」

本気で恥ずかしいらしく、両手で顔を覆《おお》うが耳が赤いのまでは隠せない。

「仮にそうだとしても、別に訂正しなくてもいいと思うよ」

「聞かれたことには答えなくちゃと思って……私、こういうところに来るの初めてだから」

妙に真面目《まじめ》だな！　なんて心の中で突っ込みつつ思う。

なんだろう……この天然な感じというか世間ずれした感じ。

今初めて感じた違和感ではなく、家に招いた初日からうすうす感じていたこと。

容姿も素行も誰がどう見てもギャルというか不良だと信じて疑われないのに、実際にこうして葵さんと話をしていると、どうにも見た目とのギャップを感じずにはいられない。

家計のためにアルバイトをしていたのも意外だったし、これが素の葵さんなんだろうか？

いや、それ以前に美容室に来たことがないってマジか。

「今まではどうしてたの？」

「お母さんに切ってもらってた。金色にしたのも私の趣味じゃなくて、お母さんが染める時に一緒にやろうって誘われたの。こんなに明るい色になるとは思わなくて……」

高校生にもなって親に切ってもらうのはどうなのだろうか？

そう思いかけて踏みとどまり、ようやく感じていた違和感を理解した。

「一つ聞いてもいい？」

「うん。なに？」

「もしかして葵さん、ギャルじゃないの？」

「私がギャル？　どうして？」

首を傾《かし》げて不思議そうな表情を浮かべる葵さん。

確定。つまり、葵さんはギャルでも不良でもなかったんだ。

葵さんの家庭事情を考えればアルバイトをするために学校を休んでいたのは理解できる。

母親に髪を切ってもらっていたのは金銭的に仕方がなかったのかもしれないし、金髪にしていたのだって母親の趣味で、葵さんが好きでやっていたわけじゃない。

そのフィルターをなくせば、葵さんは母親思いの普通の女の子じゃないか。

「わかりました。美容室デビューを担当できて光栄です。どうぞ」

美容師さんは場違いな空気を醸《かも》し出《だ》している葵さんを気遣い、気にした様子もなく笑顔で席へ誘導する。顔だけじゃなくて性格までイケメンとかマジかよ。

「どんな感じにしましょうか？」

「えっと、どうしましょう……」

やっぱり慣れないせいか困りまくる葵さん。

ギャルでも不良でもないと理解した今、そのリアクションが微笑《ほほえ》ましい。

すると葵さんは、鏡越しに目で『どうしよう……』と訴えてくる。

「綺麗にしてもらえればなんでもいいです。お任せします」

「かしこまりました。これは腕の見せどころですね」

葵さんの代わりに俺が答えると、美容師さんはさっそく準備に取り掛かった。

俺はそれを見届けて、待合席でカットが終わるのを待ちながら考える。

俺は――いや、俺たちはきっと、葵さんのことを勘違いしていたんだろう。

今まで葵さんのことをギャルや不良だと思っていたが、実際は不良でもギャルでもなく、控えめで家族想《おも》いの優しい女の子じゃないか。

派手な見た目や不登校など、俺たちは見たままの葵さんの姿を信じて距離を置いていたが、葵さんは人見知りな性格であるが故に誤解を解くことができなかっただけ。

……仕方がなかったこととはいえ、とても残念に思えてならない。

もし葵さんを取り巻く環境が普通だったら、きっと状況は違ったはずだ。

仮定の話をしたところで過去は変えられない。

「でも、未来はきっと変えられるよな……」

頭の中で考えを整理しながら一人呟《つぶや》く。

俺にできることが、わかった気がした。

「お待たせしました」

「あ、はい!」

そんなことをかなり長い時間考えていたらしい。

美容師さんに声を掛けられて我に返った俺は、葵さんの元へ足を運ぶ。

「おおぉ……」

あまりの変貌ぶりに思わず変な声が出てしまった。

「へ、変じゃないかな……？」

葵さんは鏡越しに俺のリアクションを窺《うかが》いながら恥ずかしそうに首をすくめる。

そこには、俺の理想ともいえる黒髪清楚系美人の姿があった。

金髪だった髪は自然な黒に染められ、まばらだった毛先も綺麗にカットされている。

美容師さんが気合を入れて手入れをしてくれたんだろう。元が傷んでいた金髪とは思えないほど艶やかな輝きを放っていた。プロの仕事ってすごすぎる。

俺でも事情を知らなかったら『誰⁉』と叫んでいたに違いない。

いくらなんでも変化が劇的すぎるだろ。

「全然変じゃない。めちゃくちゃいいと思う」

「本当？　嘘《うそ》じゃない？」

「嘘なんて言わないさ」

「ならよかった……」

安堵《あんど》に胸を撫《な》でおろす姿は、落ち着いた髪色や服装もあって黒髪清楚系美人という言葉が相応《ふさわ》しい。

大げさじゃなく、葵さんの本当の姿を目にした気がした。

「じゃあ、行こうか」

「うん」

俺たちはお会計を済ませ、美容師さんにお礼を言ってお店を後にした。

今度から俺もここで髪を切ってもらおう。


美容室を出て時計に目を向けると昼の十二時半を過ぎたところだった。

大抵こういうところはお昼過ぎがピークタイムで、モール内は美容室に入った時よりも多くのお客さんで溢れかえっている。

「じゃあ帰ろうか」

「うん。足りないものはまた買いにくればいいよね」

「なんなら買えるものは通販でもいいし」

「そっか。そうだよね」

せっかくだから昼食を食べて帰りたいと思う半面、これだけ人が多いとのんびりしているのは危険だろう。誰かに出くわしてしまう前に帰宅したい。

出入り口に向かって歩き始めた時だった。

「あー！　晃君が女の子とデートしてるー！」

聞きなれた陽気な声が耳を貫き、凍り付いたように足がとまる。

空耳《そらみみ》とは思えないほどでかい声だが、頼む、どうか空耳であってくれ。

冷や汗をかきながら振り返ると、願いもむなしく見慣れた顔が目に飛び込んでくる。

そこには大声を上げた張本人の泉《いずみ》と、隣には瑛士《えいじ》の姿があった。

「なんでおまえらがここに……」

焦りと疑問と後悔と絶望と……。

おおよそマイナスで形容される感情が一気に押し寄せる。

「ここは恋人たち定番のデートスポット。僕らがいてもなんら不思議じゃないさ」

「晃君もこんなに可愛《かわい》い彼女がいるなら教えてくれればいいのに。水くさいな〜♪」

瑛士はいつものように穏やかな笑顔を浮かべ、泉はからかうような笑みを浮かべながら俺の脇腹《わきばら》を肘で小突いてくる。地味に痛いが痛がっている余裕すらない。

何度か小突くと満足したのか、葵さんの前に立って手を差し伸べた。

「初めまして！ わたしは晃君のクラスメイトで浅宮《あさみや》泉。こっちは晃君の親友でわたしの彼氏の九石《さざらし》瑛士君。よかったらお名前を教えてくれると嬉しいな！」

ん？ もしかして泉、葵さんだって気づいてない？

なんて一瞬喜びかけたが、すぐに泉が眉《まゆ》をひそめた。

「ん？ あれ？ どこかで会ったことがあるような、ないような……」

頼む！ 気づかないでくれ！

葵さんだとバレなければまだ誤魔化《ごまか》せ――。

「髪色変えたんだね。僕はやっぱり黒髪の方が似合うと思ってたよ」

「え？　もしかして……葵さん？　葵さんだよね⁉」

「……うん」

終わった……。

全《すべ》てが終わった気がする……。

「えー！　びっくり！　あんまり綺麗になってたから気づかなかったよ～♪　でも今の方が全然いいと思う！　なんていうかこう、正統派美少女って感じだよね！　ヒロイン力高め！」

親指をグッと突き出してウインクして見せる泉とは対照的に、俺の気分は最悪だ。

「それで、どうして二人が一緒にいるの？」

頼む。聞いてくれるな。

お願いだから見過ごしてくれ。

なんて願ったところで二人がそっとしておいてくれるはずもなく。

「詳しい話はゆっくり聞くよ。とりあえず喫茶店《きっさてん》でも入ろうか」

「……ああ。そうだな」

瑛士に促され、俺たちはモール内の喫茶店へと場所を移した。

気分はさながら、任意同行を求められる容疑者の気分だった。

喫茶店に移動した俺たちは、好きなものを注文して奥の席に着いた。

さすがに何も喉《のど》を通らないと思うから注文するつもりはなかったんだが、泉に新作を飲んで感想を聞かせてくれと押し切られ、よくわからんファンシーな飲み物を頼む羽目になった。

うんたらパッションなんとかチーノ？　もはや何語かもわからん。

俺を実験台みたいに使ってくれるな。

味なんてわからないんだから、なにを頼んでも一緒だよちくしょう。

四人席に俺と葵さんが並んで座り、向かいには瑛士と泉の姿。

笑顔を浮かべている瑛士と、気になって仕方がない様子でテーブルに身を乗り出している泉。

おまえは餌を我慢できない子犬かと突っ込みたくなるくらいウキウキしている。

俺がかつてないクソデカ溜《た》め息《いき》を吐《つ》くと、瑛士がなだめるように口にする。

「なにも取って食おうってわけじゃないから安心してよ」

「ああ……」

これから尋問が始まるかと思うと気が重すぎる。

とは言え……どこまで話すべきだろうか？

知られた以上、適当なことを言って誤魔化してもいずれボロが出るだろう。

考え方によっては、最初にバレた相手がこの二人だったのは不幸中の幸いかもしれない。

少なくとも、他の奴《やつ》らに知られて自分の知らないところで噂が広まっている状況に比べれば、仲の良い二人がこうして話を聞いてくれている状況はありがたい。

ただ、話すとなれば葵さんの個人的な事情を含めて話さなければならない。

「……」

葵さんの様子を窺う。

当然だが、葵さんは不安そうな表情を浮かべていた。

もしこの場を誤魔化せたとしても、こうして俺たちのことがバレそうになる度に葵さんは不安に苛まれるだろう。ただでさえ先が見えずに不安なのに、余計な心配が増えるだけだ。

だとしたら一人でも多くの協力者がいた方がいいと思う。

この二人なら事情を知っても悪いようにはしないはず。

「葵さん、二人に全部話してもいいかな？」

「え……？」

驚くのも無理はない。

それでも理解してもらえるように丁寧に説明を続ける。

「この二人とは仲がいいから、どんな奴かはよくわかってるつもりだ。俺たちの事情を知ってもむやみに言いふらしたりしない。それは俺が保証する。それに、もし二人が協力してくれるならこの先なにかと助かることも多いと思うんだ」

　葵さんは考えるように目を伏せる。

　しばらくすると、俺の目を見て小さく頷《うなず》いてくれた。

「晃君がいいなら私はいいよ」

「ありがとう」

　葵さんの意思を確認して俺は二人と向き合った。

「これから話すことは他の奴には言わないで欲しい」

「わかった」

「わたしもわかった！」

「それと、できれば二人にも協力して欲しいと思ってる」

「協力できるかどうかは内容次第だけど、口外しないことは約束するよ」

「わたしもオッケー。そこは信じてくれていいよ！」

　二人の言葉を信じ、俺はゆっくりと事情を話し始めた。

　数日前、雨の降る夜に近所の公園で葵さんと出会ったこと。

　葵さんの母親が男と一緒に姿を消し、家賃も未払いだったせいでアパートを引き払うしかなく帰る場所がなくなってしまったこと。行く当てがなく俺の家で一緒に住み始めたこと。

　不登校気味だったのは家計を助けるためで、金髪だったのは葵さんの趣味ではない。

葵さんは不良でもギャルでもなくて、少し人見知りな普通の女の子だったということ。

全て説明を終えた頃には、手元の飲み物の氷はすっかり小さくなっていた。

「なるほどね」

瑛士は驚きよりも複雑そうな表情を浮かべていた。

「思っていた理由と違ったから驚いたよ」

「思っていた理由？　どういう意味だ？」

「いや、なんでもない。それで、晃はこれからどうするつもりなの？」

全てを話す以上、聞かれるのはわかっていたこと。

そしてどうするつもりなのかは、すでに決まっていた。

「二年生になる前に、葵さんの状況を整えたいと思っている」

想いを口にして、改めてそうするべきだと実感する。

「葵さんの住む場所とか、学校での噂とか、そういうのを全部解消してあげたいと思ってる。そのためになにをすればいいかはまだ考えてないんだが、そうしてあげたいと思ってる」

「晃くん……」

葵さんは隣で小さく声を漏《も》らした。

「二人にしてみれば、いきなり一緒に暮らし始めて、昨日今日やっと話すようになった相手のためにそんなことするなんてって思うかもしれない。いくら誤解してたからって、俺がそこまで助けてあげる義理はないって思うかもしれない。でも、もう決めたんだ」

らしくないことをしている自覚はある。

面倒事なんて御免だし、俺なら誰かの力になれるなんて思い上がってもいない。

でも葵さんの事情を全部知った時、悩むより先に助けてあげたいって思ったんだ。もちろん、俺が初恋の女の子の面影を葵さんに重ねているのも理由の一つだが、心に嘘はない。

誰かを助けたいと思う理由なんて、それだけで充分だろ。

「頼む。協力してくれないか？」

「もちろん、そういう事情なら協力するよ」

俺が頭を下げると、瑛士は迷うことなく即答した。

「いいのか？」

「うん。放っておけないとこが晃らしいね」

「俺らしい？　いや、俺らしいか？」

そう言われてもピンとこない。

すると瑛士は意味ありげな笑顔を浮かべていた。

「別に俺、泉みたいに困ってる人を誰かれ構わず片っ端から助ける趣味はないが……」

「自分のことは案外わからないものさ。晃は中途半端《ちゅうとはんぱ》に手を差し伸べたりはしないけど、いざという時には迷わず手を差し伸べる男だからね」

俺が今までにそんなことをしたことがあっただろうか？

心当たりはないが、瑛士がそう言うなら、きっとあったんだろう。

と言うのも、俺は物心がつく前から父親の転勤に付き合って転校を繰り返していたせいか、特に小さい頃の記憶があいまいなところがある。

もう少し正確に言うと、記憶がごちゃ混ぜになっていることが多い。

例えば何かの思い出を振り返る時、転校前の出来事を転校後のことだと勘違いしていたり、誰かの名前や家の場所を、別の誰かと入れ違えて記憶していたりする。

たぶん一緒に過ごした幼稚園の頃に、瑛士は俺のそんな一面を見たんだろう。

まあ、協力してくれるならなんでもいいや。

「泉は……えぇ？」

泉にも聞こうと思って視線を向けると、泉はぼろ泣きしていた。

あまりにもガチ泣きすぎてちょっと引くレベル。

「わたしも協力する……うぅ……」

快諾してくれるのは嬉しいが、こんなに泣いている泉なんて見たことないぞ。

葵さんの境遇を思って泣いてくれているんだろうけど、なにからなにまで大げさすぎるだろ……なんて思いつつ、今は素直にその気持ちが嬉しいと思う。

「ただ、一つだけ聞かせてもらってもいいかい？」

瑛士は泉にハンカチを差し出しながら訪ねてくる。

「なんだ？」

「どうして二年生になるまでってタイムリミットを決めてるんだい？」

「それは……」

実は、瑛士たちにはまだ転校のことを話していなかった。

なぜかと言えば、二人との別れを考えると言うに言えなかったからだ。

いつか言わなければいけないと思っていたが、できることなら転校なんてしたくない。

言葉にしてしまったら、瑛士たちとの別れを受け入れなくてはならなくなるという、強迫観念のようなものから逃げられなくなると思ったから。

転校なんて慣れたものだと思っていたが……できればこの二人とは別れたくない。

でも、黙り続けるのもここらが潮時だろう。

話すにはちょうどいい機会だろうと思った。

「俺さ、高校二年になるタイミングで転校することになったんだ」

「「転校？」」

二人の驚きの声が重なる。

「父さんがまた転勤することになって、この春から母さんと妹の日和《ひより》の三人は引っ越したんだ。

俺は高校入学が決まっていたからとりあえず今の高校に入学して、二年になるタイミングで転校することになってる。だから俺に残された時間は来年の三月までなんだ」

「日和ちゃんもうこっちにいないの⁉」

まっさきに驚きの声を上げたのは泉だった。

「ああ。日和は俺みたいにタイミングをみて転校するよりも、早いうちに転校しておいた方が高校受験の対策にもなるだろうってことで、中学三年に上がるのに合わせて転校したんだ」

「そんな……だったら教えてくれてもよかったのに」

この感じから察するように、泉と妹の日和はめちゃくちゃ仲が良い。

日和は俺たちの一つ下の学年で、泉は同じ中学の先輩と後輩という関係だけではなくプライベートでも付き合いがあり、俺と泉の仲以上に二人は仲が良かった。

しかも俺より先に泉と知り合っていて、泉は日和に会いに家に遊びに来るくらいだった。

あとから瑛士の彼女だと紹介された時はマジで驚いたけどな。

「日和が泉に話せなかったのは完全に俺のせいだ。俺が瑛士たちにまだ話してないって言ったから気を使ってくれたんだと思う」

「そっか……」

「こんな形で伝えて悪かったが、これまでと変わらず日和と仲良くしてやってくれよ」

「うん。それはもちろん」

泉はショックを受けた様子で肩を落とす。

「でもそうか……それは残念だよ」

瑛士は泉を慰めながら、いずれ訪れる別れを惜しむように瞳《ひとみ》を閉じた。

「話はそのくらいだ。具体的なことは、近いうちに改めて相談させてくれ」

「うん。僕たちはいつでも大丈夫だから、二人の考えがまとまったら相談して」

「ああ。じゃあ葵さん、行こうか」

「うん。あ、でも……」

葵さんは思い出したように口にする。

「私、ちょっと寄りたいところがあるから晃君は先に帰ってて」

「寄りたいところ？」

ああ。さっきも買い忘れを思い出したようなリアクションをしていたっけ。

やっぱり買って帰ろうと思い直したんだろう。

「俺も付き合うよ」

「だ、大丈夫だから……」

「でも、なにか買うなら荷物になるだろ？」

「えっと……その……」

葵さんは俯《うつむ》いたまま気まずそうに言葉を濁す。

なんだ？　俺についてこられたら困るような買い物か？

「なるほど！　じゃあ葵さん、わたしと一緒に買いに行こう！」

なぜか泉が立候補した。

さっきまでぼろぼろ泣いていたのが嘘みたいに元気よく立ち上がる。

どうせ断られるだろうと思ったんだが。

「……いいの？」

「もっちろん♪」

マジか。

「じゃあ二人とも、今日のデートはこれで解散！　瑛士君またね！　愛してるぞ♪」

「僕も愛してるよ。行ってらっしゃい」

葵さんは泉に手を引かれ、ばたばたと喫茶店を後にした。

喫茶店に取り残された男二人、なんだか微妙な空気が流れる。

「なぜだ……」

「男と一緒には行きづらいところなんだろうね」

「どこだよそれ」

「聞くのは野暮《やぼ》ってもんさ」

……まぁいいか。

一人にさせるのは心配だけど、泉と一緒なら安心だ。

それにしても……。

「おまえらって公共の場でも愛してるとか言っちゃうのな」

「うん。恋人が愛を語るのに場所は関係ないだろ?」

「いや、もうちょっと場所は弁《わきま》えた方がいい気がするが……」

俺はもう慣れたが、周りに言わせれば聞いてるこっちの方が恥ずかしい。

となりの席のおばちゃんなんてビックリしてお茶を噴き出してたぞ。

「それに恋人同士なら、いちいち言葉にしなくても通じ合ってるものじゃないのか?」

「そういう恋人同士もいるだろうね。でも僕は基本的に人と人、特に男性と女性はわかり合えないものだと思ってる。だからこそ、思ってることを言葉にすることは大切だと思うんだ」

「身も蓋《ふた》もないことを言ってるような気がするが……どういう意味だ?」

軽い突っ込みのつもりで尋ねると、瑛士は真顔で続ける。

「言葉にせずにお互いを理解するのは不可能ってこと。家族ですらお互いのことをわからないのに、ましてや他人で、しかも異性である恋人に察して欲しいなんて無理な話さ」

「まぁ……言わんとしてることはわかるが、そんなもんなんかね」

「そんなものだよ。事実、晃は葵さんが何を買いに行きたいかなんて全くわからなかった。でもそれは、わかろうとしていなかったわけじゃない。むしろわかろうとしていたけどわからなかったわけだし、やっぱり話すことは大切だと思う」

瑛士は『まぁ、相手が話してくれるかどうかは別だけど』と付け加えた。

「なんだか哲学的な話にしか聞こえないが……」

でも、確かにそうかもしれない。

俺は葵さんのためにと思って同居を提案した。

だが、葵さんが本心でどう思っているかなんてわからない。

喜んでくれているかもしれないし、感謝してくれているかもしれない。

本当は嫌だけど、背に腹は代えられなかったのかもしれない。

善意の押し付けの可能性だってゼロじゃない。

瑛士の言う通り、俺に葵さんの頭の中はわからないんだ。

「もちろん、なんでもかんでも話し合う必要はない。相手の気持ちを察しようと努力する姿勢は大切だし、あえて聞かずにそっとしておく気遣いも大切。でも、気遣いと遠慮を間違えちゃいけない。大切な人とずっと一緒にいたいなら、話すべきことは話し合う必要があるよね」

「なるほどな」

なんとなくだが、わかったようなわからないような。

やっぱり彼女持ちの言うことは違うな。

「だから晃も、葵さんの気持ちを勝手に理解しているつもりでいないことが大切だと思う。つい最近まで話をしなかった相手なんだから、葵さんとの対話は欠かしちゃいけないよね」

「確かにそうだな」

「特に葵さんは本音を口にしないタイプだから、その辺りは上手にやるんだよ」

「なんだか葵さんのことを知ってるみたいな口ぶりだな」

「ずっとこの街を離れていた晃よりは知ってるさ」

まぁ、そりゃそうか。

瑛士はグラスに残っていたコーヒーを飲み干して席を立つ。

「帰ろうか」

「……ああ」

俺は瑛士の後に続いて喫茶店を後にする。

なにはともあれ、二人が協力してくれることになったのはよかった。

なんとしても転校するまでに葵さんの生活環境を整える。

改めて、そう心に誓ったのだった。

＊

その日の夕方――。
先に帰宅した俺は特にすることもなく、夕食の支度《したく》を始めていた。

リビングの壁に掛けてある時計に目を向けると十九時を回ったところ。

「葵さん、何時頃《ごろ》帰ってくるんだろ」

一人でモールに残ったわけじゃないし、日もだいぶ長くなったし、心配するような時間じゃないんだが……連絡がないから少し心配だったりする。

何時頃に帰ってくるか聞こうと、メッセージを送ろうとも思った。

でも、葵さんが泉との時間を楽しんでいるなら邪魔しちゃ悪いと思い、何度もスマホを手にして送ろうとしてはやめ、を繰り返していた。

「同棲《どうせい》してる彼女の帰りを心配する彼氏ってこんな気分なんだろうか……」

なんて思いかけて我に返る。

別に俺は彼氏じゃないんだから、葵さんにとやかく言える立場じゃないだろ。

一緒に暮らしているとはいえ、こういうのを過保護って言うのかな……。

「やば！　ハンバーグ焦げそう！」

フライパンから目を離したすきに、少しだけ焦げた匂《にお》いがキッチンに立ち込める。

慌ててハンバーグをひっくり返した時だった。

「ただいま」

玄関の開く音がした直後、聞きなれた声がキッチンまで聞こえてきた。

ぱたぱたとスリッパの音を響かせながら、葵さんが少し慌てた様子でリビングに現れる。

「おかえり」

「ごめんなさい。遅くなっちゃって……」

葵さんは顔を合わせるなり頭を下げてそう言った。

肩で息をしているあたり、走って帰ってきたんだろう。

「気にしてないよ」

「泉さんとお買い物した後にお昼を食べに行って、そのまま話し込んでるうちにこんな時間になっちゃって……もっと早く帰ってくるつもりだったんだけど、ごめんなさい」

「いや、本当に大丈夫だから」

俺がどれだけ言っても葵さんはごめんなさいと言い続ける。

その姿は、まるで怯《おび》えているようにも見えてしまった。

「でも、帰りが遅くなるとお母さんにすごく怒られたから……」

その言葉を聞いて、ふと嫌な考えが頭をよぎった。

もしかしたら、これが葵さんの家庭では当たり前のことだったんじゃないだろうか？

帰りが遅くなったり連絡をしなかったりしたら怒られるような環境。

普通の家庭だってそうだろうけど、葵さんの母親は、葵さんが怯えるような怒り方をしていたんだろう。おそらくそこには、心配以外の嫌な感情があったんじゃないだろうか？

娘を見捨てるような親なんだから、嫌でもそう思ってしまう。

「ごめんなさい……」

「葵さん……」

まるで理不尽に叱《しか》られた子供のように、身を縮めている葵さんを見つめる。

ふと、喫茶店で瑛士が口にしていた言葉が頭をよぎる。

気遣いと遠慮を間違えちゃいけない——。

大切な人とずっと一緒にいたいなら、話すべきことは話し合う必要がある——。

だとしたら、俺は口先だけで大丈夫なんて言うべきじゃないのかもしれない。

今俺が思っていることを言葉にして、葵さんが思っていることに耳を傾《かたむ》けないといけない。

「葵さん、少し話そうか」

「うん……」

俺はガスコンロの火をとめ、葵さんをリビングのソファーに座るように促す。

並んで座り、できるだけ穏やかに葵さんに話しかけた。

「葵さん、泉と一緒に遊んで楽しかった？」

「えっ……？」

葵さんはそんなことを聞かれるとは思わなかったんだろう。

驚いた様子で声を詰まらせると、少ししてゆっくりと口を開いた。

「……うん。楽しかった」

「よかったら、どんなふうに楽しかったのか聞かせてもらえる？」

葵さんは小さく頷くと、俺の様子を窺《うかが》いながら話し始める。

「私、今までほとんど誰かと遊びに出かけたことがなかったの。お母さんが厳しくて、お休みの日もいつも家にいたから。だから、晃君や泉さんが色々連れていってくれたり、お話ししてくれるのが楽しくて、つい時間を忘れちゃって……」

「だったら帰りが遅くなったことなんて気にしなくていいよ」

「でも……」

それでも葵さんは自分を責めるように言葉を濁す。

その気持ちを否定しないよう、一度受けとめながら言葉を返した。

「確かに相手に申し訳ないって思う気持ちもわかるよ。でも、俺は葵さんが楽しく過ごせたって聞いて、怒るどころか嬉しい気持ちになったよ」

「嬉しい？」

俺はゆっくりと頷いてみせる。

「俺も経験あるんだけど、楽しい時間てさ、あっという間に過ぎるんだよな。特に仲のいい友達と遊んでる時間は過ぎるのが早い。子供の頃は、早く帰らなくちゃいけないってわかってるのについつい帰りが遅くなって親に怒られたりしたよ」

誰だってそんなものだと伝えることで、葵さんが少しでも気に病まないように。

「でも今になって思うんだ。親は怒ってたっていうよりも、ただ心配だっただけなんだろうなって。そりゃ大事な家族が連絡もなく帰ってこなかったら心配するよ」

もちろん当時はそんなこと微塵《みじん》もわかっていなかった。

一人で暮らすようになり、改めて家族のことを考えるようになってわかったこと。

「家の事情は人それぞれだから、葵さんのお母さんがどう思っていたかはわからない。でも、少なくとも俺は葵さんが時間を忘れるほど楽しく過ごせたことを嬉しいと思う。帰ってくる時間がわからないから心配はしたけど怒ったりしてない。それでも気に病んでしまうならさ、次からは一言連絡をくれればいいよ。そうすれば俺も安心して待っていられるから」

上手《うま》く伝わっただろうか？

心配していると、葵さんは小さく頷いてみせた。

「わかった。今度からちゃんと連絡するね」

「ああ。俺も遅くなる時は連絡するようにするよ」

あんまり上手く伝えられた自信はない。

それでも葵さんの表情は、少しだけ穏やかになっているように見えた。

「なにはともあれ、葵さんと泉が仲良くなってくれてよかったよ」

「仲良く……なれたのかな。私は凄《すご》く楽しかったけど、人とお話しするのが苦手だから、泉さんはつまらなかったんじゃないかなって思う」

「そんなことないさ。葵さんが楽しかったなら泉も楽しめたはず」

「そうだったら嬉しいな。なんだか……泉さんや瑛士君とお友達の晃君が羨《うらや》ましい」

それは、初めて葵さんが見せた本音のように思えた。

だからこの言葉だけは、このまま聞き流したりしてはダメだと思った。

「なに言ってんの。もう泉と葵さんは友達だろ？」

「そんな……私が友達だなんて……」

「一日一緒に遊んだら、もう友達だって。少なくとも泉はそう思ってるはず。明日から今まで以上に泉に絡《から》まれると思うから、ちょっと覚悟しておいた方がいいかもしれないな」

少しおどけて言ってみせたが、そうなる未来しか見えない。

でもその未来は、きっと葵さんにとっていいことだろう。

「お友達……そう思ってくれてると嬉しいな」

葵さんは少し照れくさそうな表情を浮かべて呟いた。

その表情は、今まで見せてくれた中で一番の笑顔だった。

「よし。じゃあこの話はこれでおしまい！」

しんみりとした空気を払うように手を打って口にする。

「うん」

「もう少しで夕食の準備ができるからさ」

「あ、私も手伝うよ」

俺がソファーから立ち上がると、葵さんはパタパタと俺の後を付いてくる。

休んでいていいから——そう喉元《のどもと》まで出かかって言葉を飲み込んだ。

きっと葵さんなりに、嫌な空気が後に引かないように気を使ってくれているんだろう。だったら遠慮なくその言葉に甘えた方がお互いのためになる。

「ありがと。じゃあ食器揃えてくれる？　今日はハンバーグだから、少し広めの皿がいいな」

「わかった。どうりでお肉を焼いた匂いがすると思ったんだ。でも……なんだかちょっと焦げ臭《くさ》いような気がするけど」

「え？」

言われてはっとする。

確かにコンロの火は落としたが、ハンバーグはフライパンの中に入ったまま。

火を落としたとはいえ、当然フライパンは余熱でしばらく熱いままなわけで……慌ててハンバーグをひっくり返すと、黒焦《くろこ》げとは言わないものの明らかに焼き過ぎだった。

「しまった……」

両面とも微妙に焦げたハンバーグになってしまった。

なんたるイージーミス。

「ふふっ」

「え？　今笑った？」

「ごめんなさい。晃君ってなんでもできちゃう人だと思ってたから、こんな可愛い失敗するんだなって思ったら少し可笑《おか》しくて。失礼だよね、私なんて料理一つもできないのに」

小さく笑う葵さんを見て、なんだか俺まで可笑しくなってきた。

「なんでもなんてできないさ。こんな失敗なんてまだ可愛い方で、一人暮らしを始めた頃なんて悲惨だったんだから。作る度に味付けは違うし、塩と砂糖を間違えるし、味噌汁はしょっぱくて飲めたものじゃなかったし。失敗するたびにネットで調べて、やっとだよ」

「本当？」

「ああ。料理だけならまだいいけど、洗濯は柔軟剤入れ忘れるし、掃除機は紙パックの外し方がわからなくて力任せにやったら部屋にぶちまけるし、何度嫌になってふて寝したか」

こうなったらもう笑い話だ。

思いっきりおどけて言ってみせると、葵さんは口を押さえて笑い出した。

「俺の失敗談は置いといて、このハンバーグどうしよう……他のおかずを作り直すか」

「このくらい大丈夫だよ。食べよう」

「でも、あんまり美味《おい》しくないと思うけど」

「それはそれで、きっといい思い出になるよ」

いい思い出か。

一人だったら頭を抱えたくなる失敗も、二人ならいつか笑い話にできる。

そう思うと、一人じゃないってことは幸せなことなのかもしれないと思った。

「味の保証はしないからな」

こうして俺たちは微妙に焦げたハンバーグをおかずに夕食を食べる。

想像通りあまり美味しくなかったが、失敗を笑い合いながら食べる夕食は、いつもより満たされるような気がした。


夕食を済ませた後、俺たちは風呂に入って一息ついていた。

葵さんは泉との時間が本当に楽しかったらしく、俺にあれこれ話してくれた。

一緒にお昼を食べたり、甘いものが食べたくなってまた喫茶店に寄ったり、紅茶とケーキだけで三時間も居座って店員さんに申し訳ないことをしてしまったと苦笑いを浮かべたり。

今日の出来事を楽しそうに語る葵さんの言葉に耳を傾ける。

話し込んでいると、気が付けば時計の針は十二時近く。

だから言ったろ？　楽しい時間はすぐに過ぎるって。

「明日も休みだけど、そろそろ寝るか」

「うん。そうだね。あっ……」

葵さんがなにかを思い出したかのように声を上げる。

「どうかした？」

「えっと……寝る前に、お洗濯させてもらっていい？」

「いいけど、もう遅いし明日にすれば？」

「そうなんだけど……」

なにやら言葉を濁してモジモジモジモジ。

こんな仕草すら可愛いなちくしょう。

「まぁいいけど、じゃあ洗濯してから寝ようか」

「一人でできるから、晃君は先に寝て」

「そう？　じゃあ、そうさせてもらおうかな」

「うん。おやすみなさい」

「ああ。おやすみ」

俺はリビングを後にして部屋に向かい、ベッドに横になる。

目を閉じていると、ふと嬉しい気持ちが込み上げてきた。

一緒に暮らすようになって数日だが、あんなに饒舌《じょうぜつ》な葵さんは初めて見た。

相手がコミュニケーション能力の塊みたいな泉だったというのもあるんだろうけど、どこか人と距離を置いていた葵さんが、友達と一緒に過ごすことができて楽しいと口にした。

それを素直に嬉しいと思ってしまう。

最初に泉と瑛士に見られた時はこの世の終わりのような絶望を感じたが、結果的にバレたのがあの二人でよかったと心から思う。こういうのを怪我《けが》の功名っていうんだろうか？

気分が高揚したせいか、なかなか寝付けずに考えていること三十分後。

洗濯機から終わりを告げる電子音が鳴り響いたんだが……。

「葵さん、どうしたんだろ……」

いつまで経っても葵さんが洗濯物を取り出す気配がない。

気になってベッドから起き上がりリビングに戻ると、葵さんはソファーに座ったまますやすやと寝息を立てていた。

「遊び疲れて起きていられなかったんだろうな」

そんな姿を微笑ましく思いながら、代わりに洗濯物を乾燥機へ移そうと洗面所へ向かう。

洗濯機の蓋を開けると、今日買ったばかりの洋服が入っていた。

なるほど。葵さんは新品の洋服は一度洗う派か。

この辺りって人というか、家によるよな。

なんて思いながら洗濯物をかごに移していると。

「こ、これは……！」

まさかの物が目に入って思わず手がとまる。

なんとそこには、洋服に紛《まぎ》れて洗濯ネットに入っている女性物の下着があった。

思わずネットから取り出し手に取った瞬間、そういうことかと理解した。

他に買うものはないかと尋ねた時に葵さんが『また今度にする』と言った理由。

俺が付き合うのは遠慮をしたのに泉が一緒に行くと申し出たらあっさり受け入れたり、洗濯に付き合うと言ったのに先に寝ていいと言ったのは、つまりはこういうことだった。

見るからに新品と思われるピンクや黄色のカラフルな布たちがそれを証明している。

「……見なかったことにして部屋に戻ろう」

こんなところを葵さんに見られるわけにはいかない。

もし見られてしまったら、同居している女の子の下着を夜な夜な物色する危ない奴だと思われるに違いない。触らぬ神と下着に祟《たた》りなし。

なんて思った時には時すでに遅しなわけで。

「晃君……」

気配を感じた瞬間、名前を呼ばれて振り返る。

そこには、顔を真っ赤《まっか》にしている葵さんがいた。

なんとも言葉にしがたい表情を浮かべて肩をぷるぷる震わせている。

「いや、違うんだ！　決してやましい気持ちで手に取ったわけじゃなくて、寝てたから代わりに干してあげようと！　ていうかそうだよな。うちに来た時には最低限の荷物だったし、下着だってそんなに替えがないだろうし買わないとだよな！　うん。趣味もいいと思う！」

趣味もいいってなんだよ！

焦っている時に限って言わない方がいいことまで口にしてしまうもの。

余計な理解を示したせいで、葵さんは耳まで真っ赤にして手で顔を隠している。

「じゃ、じゃあ……あとはよろしく」

もはや何を言っても不毛すぎるだろ。

俺は苦笑いを浮かべながら自室に戻り、ベッドで布団《ふとん》を頭からかぶる。

恥ずかしさと興奮と申し訳なさで、さっき以上に寝られなくなったのだった。


ちなみにこの事件をきっかけに、俺と葵さんの間でいくつかのルールが設けられた。
①洗濯カゴは分け、自分の分は自分で洗濯をすること。
②お互いに帰りが遅くなる時は一本連絡を入れること。
③料理ができない葵さんの申し出で、掃除は葵さんに任せること。

他にも同居生活をする上で、今後は遠慮なく話をしようということになった。
これだけでも俺が下着を目にした意味はあったってことだ。
……意味があったってことにしておいてくれ。マジで眼福。
改めて、同居って難しいと思った。

第三話 ✿ 頼れる仲間と作戦会議

週明け、葵《あおい》さんが登校するとクラスに震撼《しんかん》が走った。

突如として見知らぬ黒髪清楚《せいそ》系美人が現れたんだから、その反応は無理もない。

教室はまるで転校生でもやってきたような空気に包まれていたが、泉《いずみ》が名前を叫びながらハイテンションで抱き付いたことでクラスメイトはその人が葵さんだと認識した。

ここまでざわついたのは、泉が入学早々に教室で瑛士《えいじ》に『愛してるぞ！』と叫んだ時以来。

それはさておき、そりゃみんな驚くだろう。

あの黒髪清楚系美人が金髪ギャルだった葵さんだとは誰《だれ》も想像できない。

そんな葵さんを見て、クラスメイトたちのリアクションは様々だった。

泉のように葵さんに話しかける生徒や、遠目に驚きと若干のやましさの混ざった視線を送りながらひそひそと話をする男子生徒。まるで興味を示さないクラスメイトもいる。

クラスで支持されている泉が葵さんに声を掛けたことで、好意的な反応を見せる一部のクラスメイトがいる一方で、大半は冷ややかな目で葵さんを見ていた。

やっぱり髪を黒くしたくらいで全員の反応が変わるはずもない。

わかってはいたことだが、それでも徐々に改善していくしかない。

そんなことを思いながら過ごしていた、数日後の放課後。

「瑛士と泉はなに飲む？」

「僕はコーヒーで」

「わたしは急須で入れたお茶♪」

「うちに急須なんてねぇよ……」

「じゃあ、お茶ならなんでもいい」

俺《おれ》は瑛士と泉を家に呼んでいた。

「了解。ちょっと待っててくれ」

「晃《あきら》君、私も手伝うよ」

「ありがとう」

キッチンで適当にグラスを選んで四人分の飲み物を注《そそ》ぐ。

葵さんと一緒にリビングへ運び、俺たちはテーブルを囲むように腰を下ろした。

「それで、話ってなーに？」

泉が両手でグラスを持ちながら尋ねてくる。

「葵さんのこれからについて、二人に相談したくてな」

もちろん葵さんの同意は取ってある。

ショッピングモールで俺が『葵さんの状況をなんとかしてやりたい』と言ったのは、葵さんにとっては寝耳に水のこと。

二人に相談するにあたって、改めて葵さんと話をする必要があった。

葵さんが迷惑だと思うなら余計なことはしない。

でも迷惑じゃないのなら、二人にこれからのことを相談したい。

そう話をしたところ、葵さんは首を縦に振ってくれた。

前に瑛士が言っていたように、俺には葵さんの本心はわからない。葵さんの心の中を窺《うかが》う術《すべ》は持たないし、傷つけずに本音を聞き出せるほど口も上手《うま》くない。

それでも俺なりに葵さんと対話をした結果。

葵さんが受け入れてくれるなら、これが最善だと思った。

「前にも話した通り、俺は葵さんの状況を改善してやりたいと思ってる。そのためになにをすればいいかって、俺なりに考えてみたんだ。みんなの意見を聞きたいと思ってさ」

「わかった。ぜひ聞かせてみてよ」

快く受け入れてくれる瑛士に促され話を続ける。

「大きく分けて、問題は二つあると思ってる。一つは、生徒も教師も葵さんに対して悪い印象をもっていること。今までの葵さんの学校生活を考えれば、それは仕方がないことなんだが……本当は不真面目《ふまじめ》でもギャルでもない普通の女の子なんだって知って欲しいんだ」

誤解さえ解ければ、きっとみんなと葵さんの距離は近くなると思う。

もちろん、それでも葵さんを快く思わない奴《やつ》はいるだろうけど、万人に受け入れられるなんて無理な話。葵さんの理解者が一人でも増えればそれでいい。

「なるほどね。確かに葵さんが人並みの青春を送るには必要なことだね」

「じゃあ誤解を解くために、具体的になにをしたらいいんだって話なんだけどな」

「そうだよね～。そこが問題だよね～」

泉は渋い表情を浮かべる。

「一つ考えがあって、泉に協力をしてもらいたいんだ」

「わたし？　なになに？」

「泉はクラス委員でみんなから信頼されてるだろ？　泉が葵さんと率先して仲良くしてくれることで、多少なりとも周りの印象が変わるかもしれない。今までも仲良くしようとしてくれていたけど、これからはみんなとの橋渡しになるように意識してもらいたいんだ。ただ……」

「ただ？　なーに？」

「それは泉にとってリスクがあることだ。見方によってはクラス委員が不真面目な生徒と仲良くしているとも取られかねない。そのせいで泉に悪影響がないとも言い切れない」

きっと泉は気にしないだろうし、今までも気にせず行動していたんだろう。

でも改めてお願いする上で、きちんと説明をしておくべきだろうと思ったんだが。

「はぁ？　そんなのいいに決まってんでしょうが」

泉は心外だとでも言わんばかりに即答した。

「わたしは周りになにを言われようと、わたしがやりたいようにするだけ。葵さんにずっと話しかけていたのだって、わたしが仲良くしたかったから。相手をよく知りもしないくせに、見た目だけで不良だって決めつけるような人は一昨日《おととい》きやがれって感じ。それに——」

泉は葵さんに笑顔を向けて口にする。

「わたしたちはもう友達だから。ね、葵さん♪」

面と向かって友達と言われ、葵さんは照れくさそうにしながら髪を撫《な》でる。

「うん。友達。ありがとう」

「へへへっ♪」

それでも、しっかりと泉に笑顔を返して答えた。

葵さん、よかったな……これなら心配なさそうだ。

「でも、正直それだけで葵さんへの誤解を解くのは難しいと思うんだ。特に教師に対してはクラスメイトと同じやり方でいけるとは思えない。他に良い案があればと思ってるんだが……」

その場にいた全員が考え込む。

「となると、やっぱり学力かな」

しばらくすると、瑛士はそう口にしながら頷《うなず》いた。

「クラスメイトの印象は晃の言うように、泉や僕らの協力次第で徐々に改善していけると思う。だけど教師の印象を変えるとなると、わかりやすく成績を上げるのが一番じゃないかな」

なるほど。確かにそれはいいかもしれない。

教師にとってテスト結果が全《すべ》てとは言わないが、生徒を評価する一つの要素だろう。

どれだけ素行が良くても成績が悪ければ優等生とは見られないし、その逆もまたしかり。素行が良くても成績が悪ければ、ある意味問題のある生徒とみなされるだろう。

葵さんには素行と学力、両方を改善する必要がある。

「ちなみに葵さん、中間テストの結果ってどうだった？」

「えっと……」

尋ねると、葵さんは気まずそうに言葉を濁す。

そのリアクションで概《おおむ》ね理解できたんだが……。

「一教科以外、他は全部赤点で、補習がすごく大変だったの……」

「「一教科以外……」」

俺と瑛士と泉の声が重なってリビングに響く。

葵さんはもういたたまれないって感じで、両手で顔を覆《おお》ってしまった。

なるほど。美容院で彼女と言われて勘違いした時もそうだし、先日の下着事件の時もそうだったけど、葵さんは本当に恥ずかしい時、こうやって手で顔を隠す癖《くせ》があるらしい。

「家計を助けるために学校を休んでアルバイトをしていたんだから仕方がないよ！　むしろ一教科だけでも赤点を回避できたなんてすごいと思う！」

「……うん」

「大丈夫、これから頑張ればさ！」

一生懸命フォローするんだが、なにを言っても藪蛇《やぶへび》な気がする。

はからずも葵さんの洗濯物（下着）を手にしているところを見られてしまった時のことを思い出す。俺はこういう時に限ってフォローしようとすればするほどぼろが出るらしい。

葵さんは穴があったら入りたいと言わんばかりに小さくなっていた。

……マジでどうすんだよ一分前の俺。

「大丈夫。勉強なら得意だし、わたしが教えてあげるよ！」

泉、ナイスアシスト！

そんな気まずい空気をぶち壊すように、泉は自信満々に声を上げた。

そう。泉は元気だけが取りえのように見えて、実はしっかり頭もいい。

中学の頃《ころ》から定期テストでは常に上位で、だてにクラス委員をやっているわけじゃない。

「泉と葵さんだけじゃなくて、みんなで勉強をすればいいんじゃないかな。幸いみんなが集まって勉強するのに晃の家は都合がいい。勉強合宿とかするのも楽しいと思うよ」

「それいいね！　お泊り勉強会とか楽しそう！」

瑛士の提案に泉がノリノリで答える。

「うちでよければ場所は提供するよ」

「あ、それと――」

間髪《かんはつ》を容《い》れず、泉はなにか思いついたように手を打つ。

「先生の印象を良くしたいなら奉仕活動とかどうかな？」

「奉仕活動？」

意外な提案だった。

「うん。実はわたし、学校が主催してるボランティア活動に参加してるんだけど、なかなか人が集まらなくて困ってたの。参加すればかなり先生の印象は良くなると思うよ」

ああ、確か入学してすぐの頃、先生がホームルームでそんな話をしていたな。

全く興味がなくて話半分で聞いていたが、泉は参加しているのか。

前から世話焼きがすぎるとは思っていたが、どうやら泉の世話焼き加減は身内に留まらないらしい。前世はナイチンゲールかマザーテレサだろうか。

「ボランティアってどんなことやってるんだ？」

「色々あるよ。地域の清掃活動とか高齢者施設の訪問とか、児童養護施設で小さい子の遊び相手になったり勉強を教えたり。毎週日曜日にあるんだけど、参加は自由だから予定のない時だけ参加することもできるし」

確かに学校主催の奉仕活動への参加はいい案だと思う。

いかにも優等生らしい行動だし、葵さんが参加したら教師も驚くだろうけど、授業以外で教師と接点を持つのは人間性を知ってもらうには手っ取り早い気がする。

「もちろん、葵さんが興味あればだから無理に誘ったりはしないけど」

「無理じゃないよ。土日はアルバイトを入れないようにしたから大丈夫だと思う。それに……みんなと一緒ならきっと楽しそうだし、参加してみたいな」

「オッケー！　じゃあ今度一緒に参加しようね！」

泉は葵さんの手を取り、嬉《うれ》しそうにブンブンと振りながら声を上げる。

単純に仲間が増えた喜びもあるんだろうな。

「じゃあ当面は泉を中心にみんなでクラスメイトの誤解を解きつつ、テスト対策と学校主催の奉仕活動に参加することで先生たちの印象を改善していくって方針でいいかな？」

「そうだな。その方針でいこう」

正直、一人で考えていた時はどうしたものかと思っていたが、四人ならなんとかなる気がしてくるから不思議だ。

やっぱり持つべきものは信頼できる仲間だよな。

「それで、もう一つの問題はなんだい？」

喜ぶ俺たちをたしなめるように瑛士が尋ねてくる。

そう。問題はこれだけじゃなくてもう一つある。

むしろこっちの方が問題としては大きい。

「もう一つは、葵さんが住むところの問題だ」

つまり、俺の転校後に葵さんがどこで生活をするかということ。

「俺の家においてあげられるのは来年の三月まで。それまでに葵さんが安心して暮らしていける場所を確保しないといけない。正直、こっちの方が問題としては深刻だと思う」

「そうだね。いくらお金があったとしても未成年の僕らが部屋を借りることはできない。最近はネットカフェなんかも、場所によっては年齢制限があって厳しいみたいだからね」

「友達ができたとしても俺みたいに都合よく一人で暮らしてる奴はいないだろうし、かと言って泉や瑛士の家にお世話になるのも難しいだろ？　仮にいいとしても両親がいると葵さんも気を使って落ち着かないだろうし。やっぱり安心して身を置ける場所が必要だと思うんだ」

「そうだよね～」

難しい顔をする泉と同じように、俺たちも頭を悩ませる。

改めて、学生にとって親がいないことのデメリットを痛感せずにはいられない。

俺や瑛士たちのように、当たり前だと思っている環境が当たり前じゃないことが、これほど生きていく上で障害になるなんて、葵さんと出会ってなかったら考えもしなかった。

その渦中にいる葵さんの不安は、きっと俺たちでは想像することもできない。

たぶん……今こうして笑顔を浮かべられているのすら奇跡みたいなものなのかもしれない。

「やっぱり一番は、葵さんの家族のお世話になることだよね」

「いやだから、家族がいないから問題なんだって」

瑛士の提案に反射的に返すと、瑛士は俺を諭すように手で制した。

「家族はなにも両親だけじゃないだろ？　葵さん、親戚や祖父母はいないの？」

そうか、確かに瑛士の言う通り。

難しく考えすぎていたせいか、そんなことすら思いつかなかった。

だが葵さんの返事を期待して視線を向けると、その表情は曇っていた。

「親戚はいると思うけど、昔からお付き合いはなかったの……母方のおばあちゃんに会ったことはあるけど、小さい頃だったからお家がどこにあるかはわからなくて」

「どの辺りに住んでるかくらいはわかる？」

葵さんは小さく首を横に振った。

「少なくともこの街じゃないことくらいしかわからない」

「そうか……」

わずかな期待は一瞬で消えてしまった。

これから葵さんが直面すると思われる様々な問題。たとえ両親がいなくても、身内がいれば保護者になってもらうなり、なにかしらの解決方法があるだろうと思ったんだが……。

いや、でも――。

「おばあちゃんがいるとわかっただけでも収穫だよ。今はおばあちゃんの家がどこか思い出せなくても、いつか何かのきっかけで思い出せるかもしれないし、探す努力をして損はないさ」

葵さんに声を掛ける以上に、自分自身に言い聞かせる。

そうだ。なにも手がかりがないよりはずっといい。

「これで決まったな。まずは葵さんへの誤解を解くための活動を進めていこう」

「了解」

「おっけー♪」

「みんな、ありがとう」

笑顔を浮かべてお礼の言葉を口にする葵さん。

その表情は、この家に来た頃と比べればずいぶんと穏やかになっていた。

＊

翌日から、さっそく泉が中心になって葵さんへの誤解を解くための活動を始めた。

活動といっても大げさなことをしているわけじゃない。

例えば、泉が友達とお昼を食べる時に葵さんを誘ったり、学校帰りに友達と寄り道する時に葵さんを連れて行ったり、授業でチームを作る時に声を掛けてあげたり。

とにかくクラスメイトとの接点を増やすところから始めた。

もちろん最初はクラスのみんなも戸惑っていた。

それでも泉のぶっ飛んだコミュニケーションスキルのおかげもあり、徐々にクラスメイトたちの警戒心は解けていき、葵さんも少しずつ会話に参加できるようになっていく。

俺や瑛士は異性ということもあるし、あまり積極的に絡《から》んでわざとらしさが見えてもダメだろうと思い、あえて他のクラスメイトと変わらない態度で接している。

地味な活動だが、案外これが上手くいっているから驚きだ。

それは泉の力によるところが大きいが、葵さんの努力もあってだろう。

本来は人見知りの葵さんが、自分から積極的に話そうとしている姿には心を打たれる。

一部の生徒はまだ葵さんに冷ややかな態度を示しているが、大した問題じゃないだろう。

前にも思ったことだが、万人に受け入れてもらうことが目的じゃなく、一人でも多く葵さんと友達になってくれる人を見つけられれば充分なんだから。

困っていることがあるとすれば一つだけ。

突如現れた黒髪清楚系美少女の噂《うわさ》を聞きつけた男どもが、休み時間のたびに葵さんを見に教室までやってくること。

別に嫉妬《しっと》しているわけじゃないが……いくらなんでもウザすぎる。

全員蹴散《けち》らしてやりたいところだが、俺の代わりに泉が追い払ってくれているので出る幕はない。俺が出しゃばったら余計に面倒なことになりそうだから助かる。

やきもきする俺を見て瑛士が面白《おもしろ》そうに笑っていた。

＊

そんな感じで過ごして迎えた、週末の日曜日——。

「ここが今日お邪魔する施設だよ」

俺は葵さんと泉の三人で、市内のとある児童養護施設を訪れていた。

泉の提案で学校主催のボランティア活動に参加をすることにした翌日、泉はさっそく先生に俺たちの参加を伝えてくれたらしく、こうして足を運んだわけだ。

相談をした週末に即予定を入れる辺り、泉の行動力には驚かされる。

周りには引率の先生と生徒数人で十人ちょっと。思ったより多く参加していた。

ちなみに瑛士は予定があって参加していない。

「来る途中にも話したけど、ここには色んな事情で親と暮らせない幼稚園生から中学生までの子が暮らしてるの。定期的に訪れて勉強を見てあげたり遊び相手になってあげたり、クリスマスには寄付で集めたプレゼントを届けてあげたりしてるんだ」

泉が言うには、県内にこの手の施設はたくさんあるらしい。

そんなに親と一緒に暮らせない子供がいるのかと驚きを隠せないが、俺たちが知らないだけでそういった家庭は少なくないのかもしれない。

事実、葵さんだって同じ境遇だ。

だからこそ思う——ここに葵さんを連れてきて、本当によかったんだろうか？

泉から訪問先を聞いた時、やめた方がいいんじゃないかと相談をしたが、驚いたことに葵さんが数ある訪問先の中からここを選んだらしい。

「それで、今日は勉強を教えてあげるのか？　それとも遊び相手か？」

「今日は遊び相手。職員さんがレクリエーションを考えてくれてる時もあるんだけど、今日は子供たちがやりたいことにとことん付き合ってあげる感じかな」

話をしていると先生に呼ばれ、案内されたのは広めのレクリエーションルームだった。

俺たちが中に入ると、小さな子供たちが一斉に泉や他の生徒たちに駆け寄ってくる。

「みんな久しぶり～♪」

泉がテンション高めに子供たちとじゃれ合い始める。

「よーし。じゃあ、さっそくみんなで遊ぼうか！」

そんな感じで子供たちの相手が始まった。

俺は泉に誘われて小学生たちと鬼ごっこを始め、他の男子生徒は中学生と一緒にサッカーを。

葵さんは他の女子生徒と一緒に幼稚園生の相手を始めた。

遊び始めること三十分後——。

「泉……俺、ちょっと休ませてもらうわ……」

全力鬼ごっこで疲弊しきった俺は、息も絶え絶えで泉に話しかける。

「うん。わたしはもうちょっと付き合ってるね」

「ああ。おまえもほどほどにな」

そう返して輪から抜ける。

正直、小学生相手だからって甘く見ていた。なんだあの無尽蔵の体力は。

最初は子供相手に鬼ごっこなんて余裕だと思っていたんだが、時間が経《た》つにつれて体力の差は歴然。後半は疲れたところを狙《ねら》われまくってほぼ鬼状態という悲惨な状況。

帰宅部の俺に遊び盛りの子供の相手は荷が重い。

息を整えながら輪を離れ、休めそうな場所を探そうと辺りを見回す。

すると、幼稚園生とおままごとをしている葵さんと目が合った。

俺に気づいた葵さんは笑顔で小さく手を振ってくれている。

「鬼ごっこはもういいの？」

「あ、ああ。他の子供たちとも遊ぼうと思ってさ」

子供に体力で完敗したなんて恥ずかしくて言えない。

「そっか。じゃあ一緒にどう？」

「お邪魔するよ」

葵さんと小さな女の子たちの間に入って腰を下ろす。

すると、女の子たちに一斉に視線を向けられた。

俺をじっと見つめるつぶらな瞳《ひとみ》。なんだか圧を感じるんだが……。

「ねぇねぇ」

「ん？　どうした？」

隣の女の子が俺の袖《そで》を引っ張りながら見上げてくる。

「お兄ちゃん、このお姉ちゃんの彼氏？」

「か、彼氏――⁉」

なにをいきなり言い出すんだこの子は！

すると、悪意のない無邪気な瞳が答えろと言わんばかりに俺を見つめてくる。

まさかこの子たち全員、俺の答えに期待してるのか？

最近の幼稚園生、マセすぎだろ……なんて思いながら返答にまごついていると。

「この人は私の彼氏じゃないよ」

葵さんが代わりに答えてくれて胸を撫でおろす。

一安心と思ったのも束の間。

「じゃあ旦那さん？」

間髪を容れず、それを超える質問をしてくる幼稚園生。

彼氏じゃないなら旦那さんとか発想の飛躍が恐ろしい。

「だ、旦那さんでもないんだな、これが……」

「なんだ……彼氏か旦那さんだったらお父さんとお母さん役をやってもらえたのに」

幼稚園生たち全員が残念そうにしゅんとする。

実は俺も残念なんだ……彼氏じゃないとはいえ葵さんに即答されて。

まぁ実際、彼氏じゃないし仕方がない。

「この人は私の彼氏でも旦那さんでもないんだけど、とても大切な人なの……だから、それでもよかったらお父さんとお母さん役をやらせてもらえる？」

「いいの？」

葵さんの言葉に幼稚園生たちは目を輝かせて期待を寄せる。

「もちろん。ね、晃君」

「お、おう。そうだな！」

「やった！」

感情を隠そうとしない無垢《むく》な笑顔が微笑《ほほえ》ましい。

俺は葵さんが口にした『大切な人』という言葉を噛《か》みしめながらお父さん役に精を出す。

彼氏でもないし旦那でもない。もちろん家族でもない俺を、葵さんは『大切な人』だと言ってくれた。

それだけで、肩書なんてどうでもいいと思えるから不思議だ。

最初はただの同居人だったのに、少しは歩み寄れているのかもな……。

それからしばらく幼稚園生たちと遊んでいると、ふとレクリエーションルームの隅っこで、一人で絵を描いている小学校低学年くらいの女の子の姿が目に留まった。

「あの子、ずっと一人でいるの」

葵さんも視線を向けながら呟《つぶや》く。

「生徒が何人か話しかけたんだけど、誰もお話ししてもらえなかったみたいで」

「そっか……」

人見知りが激しい子なんだろうか？

それとも一人が好きな子なんだろうか？

どちらにしても、俺にはその姿がとても寂《さび》しそうに見えた。

「私、ちょっと行ってくる」

「俺も行くよ」

するとと葵さんは小さく首を横に振った。

「一人で行ってくる。きっと高校生が二人で行ったら萎縮《いしゅく》しちゃうと思うから」

「そっか。そうだな」

「ごめんね」

俺は女の子の元へ向かう葵さんを見送る。

それからしばらく、俺は幼稚園生のおままごとに付き合いながら葵さんと女の子の様子を眺めていたが、やはり女の子は葵さんの声掛けに応《こた》えない。

話をするどころか、葵さんに視線を合わせようとすらしなかった。

「……あ、すみません」

たまたま通りかかった女性の職員さんに声を掛ける。

「どうかしましたか？」

「あの子……いつも一人で過ごしてるんですか？」

すると職員さんは表情を曇らせた。

「はい。あの子はここにきて三ヶ月になるんですけど、ずっとあんな感じなんです。他の子や私たちが声を掛けても話をしてくれなくて……私たちもどう接していいか悩んでいるんです」

三ヶ月か……新しい環境に馴染《なじ》むには充分な時間だろう。

でも、小さな子供が親と離れて暮らす寂しさを紛《まぎ》らわせるには短すぎる。

俺も小学校の頃は、転校する都度、新しいクラスに慣れるのに苦労した。

「ここに来る子供たちは色々な事情を抱えていますから、私たちもその子に合わせて接し方を変えてはいるんです……でも、あの子はちょっと難しいタイプの子なのかもしれません」

「そうですか……」

なんだかボランティアの意味を考えさせられてしまう。

子供たちの遊び相手になることも大切だが、あの子のような子供の心に寄り添うことができれば一番いいんだろうけど……知識がない俺たちにはその術がわからない。

気持ちはわかってもできることがない。それが少しだけ歯がゆい。

俺はそんなことを考えながら、他の子たちの輪に戻った。


それから数時間後、訪問時間が終わりを迎えた。

引率の先生と生徒たちが帰宅準備を進める中、俺は葵さんを探して辺りを見回す。すると、葵さんはあの女の子の傍《そば》に座っていた。おそらくずっと一緒にいたんだろう。

何をするわけでもなく、絵を描いている女の子をずっと隣で見守っている。

「葵さん、そろそろ帰る時間だってさ」

「うん。わかった」

葵さんが立ち上がろうとした時だった。

「え――？」

女の子が葵さんの服の袖を摑《つか》んだ。

俺も葵さんも驚いて声を失《な》くしたまま女の子を見つめる。

「……行かないで」

しばらくすると、女の子は目を伏せたまま小さな声で呟く。

聞きそびれてしまいそうになるほどの小さな囁《ささや》きだった。

「「……」」

思わず顔を見合わせる俺と葵さん。

すると葵さんは女の子の手をそっと握って声を掛けた。

「ごめんね。今日はもう帰らないといけないの。でも、絶対また遊びにくるから」

「……本当？」

「うん。その時は一緒にお絵かきしてくれる？」

「うん。いいよ」

「ありがとう。じゃあ約束ね」

葵さんが笑みを浮かべて小指を差し出すと、女の子は自分の小指を絡めて指切りを交わす。

俺たちは職員さんと子供たちに見送られながら施設を後にした。

＊

こうして葵さんの初めてのボランティア参加は無事に終了。

現地解散ということになり、俺と葵さんは泉と別れて帰路に就く。

夕日が街並みを茜色《あかねいろ》に染める中、俺は歩きながらあの女の子のことを考えていた。

「あの女の子、葵さんともう少し一緒にいたかったのかな」

「うん。そうだと思う」

葵さんは断言するかのようにはっきりと口にした。

「職員さんに聞いたんだ。あの子は施設に着て三ヶ月経つけど、誰とも話をしたことがなかったって。だから葵さんに自分から話しかけたのを見た時は、正直驚いたよ。葵さん、あの子とどんな話をしてたの？」

「なにもお話ししてないよ」

「え？」

「なにもしないで隣にいただけ」

隣にいただけって……それだけであの女の子が、わずかとはいえ心を開いたっていうのか？

職員さんや子供たちがどれだけ話しかけても応えなかった女の子が、半日隣にいただけの葵さんに気を許すなんてにわかに信じ難《がた》い。

懐疑的になっている俺の隣で葵さんは続ける。

「あの女の子、小さい頃の私によく似てると思ったの」

「葵さんに似てる？」

そう語る瞳は、過去の自分自身を見つめているんだろう。

「私は幼稚園生の頃、すごく内向的な性格で友達が一人もいなかったの。その頃から両親の仲が悪かったのもあって、幼心に一人で悩みを抱えていたせいもあるんだと思う。あの子みたいに話しかけられても応えないで、いつも教室の隅っこに一人でいたんだ」

それだけ聞けば、当時の葵さんはまさにあの子のようだったんだろう。

「でも、本当はすごく寂しかったの。誰かに傍にいて欲しかった。みんなみたいに仲の良い友達が欲しかった。だけど、そんなことも言えなかったんだ。でも、そんな時にね——」

葵さんは遥《はる》か遠くに浮かぶ夕日に視線を送る。

「一人の男の子が、私に気づいてくれたの」

その表情は、美しい記憶を回顧するように穏やかだった。

「他のみんなが私を無視する中、その男の子だけが私の傍にいてくれた。傍にいてくれたといっても、お話をするわけでも一緒に遊ぶわけでもなく、彼は彼で私の隣で好きなことをしてただけなんだけど、たぶん……私が一人ぼっちにならないように傍にいてくれたんだと思う」

その話を聞いて、自分の中の古い記憶が呼び起こされる。

葵さんも、あの子と同じような感じだったんだろう。

いつも部屋の隅に一人でいた初恋の女の子。いくら話しかけても相手にしてもらえなくて、ようやく少しは話してくれるようになった頃、俺は父親の転勤で引っ越してそれっきり。

寂しそうにしている好きな女の子を笑顔にしてやれなかった後悔の念。

ふと、瑛士がショッピングモールで言っていたことを思い出す。


——晃はいざという時には迷わず手を差し伸べる男だからね。


いやいや、そんな大層な話じゃない。

もし瑛士があの時のことを言っているのだとしたら、あれは好きな女の子と仲良くなりたかっただけの話で、結局何もしてあげられなかった初恋という名の苦い記憶。

「周りの人からみたら不思議な光景だったと思う。でも、私はそれだけですごく嬉しかったの。だから私も、自分がその男の子にしてもらったことをしてあげただけ」

つまり、葵さん自身が同じ思いをしていたからこそ気持ちが理解できた。

そして自分がしてもらって嬉しかったことをあの子にしてあげたからこそ、気持ちが届いたんだろう。

たぶん葵さんじゃなければ、あの子の心に歩み寄ることはできなかったはずだ。

「葵さんもその男の子も優しいな」

素直にそう思う。

葵さんの今の状況を考えれば、人のことを気にしている余裕はないはずだ。

だからこそ葵さんが児童養護施設を訪問するのはどうなんだろうと思っていた。

状況に違いはあっても、今の葵さんと似たような境遇の子供たちに会うことに、少なからずリスクを感じていたから。

それなのに、葵さんはあの子のことを気に掛けてあげられたんだから優しすぎる。

「私たちが優しいんだとしたら、晃君も優しいよ」

「俺？　いや、俺は優しくなんかないよ」

「そんなことない」

葵さんの瞳は、西日のせいか少しだけ滲《にじ》んでいるように映る。

「晃君が私にしてくれたことも一緒でしょ？」

「俺がしたこと？」

「あの雨の日、私に声を掛けてくれた。詳しい事情も聞かずに家に呼んでくれた。今も私と一緒にいてくれてる。私たちがしたことよりも、晃君の方がずっと優しい」

その一言を聞いて、胸に込み上げるものがあった。

正直に言うと、自分のしていることについてずっと悩んでいたんだ。

——あの時の選択は、はたして正しかったんだろうか？

——もっと他にいい方法があったんじゃないか？

——俺じゃない人の方が、葵さんにとってよかったんじゃないか？


その悩みは消えないまでも、葵さんの一言でずいぶんと心が穏やかになっていく。

「……またあの子に会いに行こうな」

「うん。約束したからね」

こうして俺たちは家に向かって足を進める。

見上げる夕日の色が、いつもより鮮やかに見えたような気がした。

第四話 ✿ 二泊三日の勉強合宿

「じゃあ俺《おれ》は買い出しに行ってくるから、家のことは頼むな」

「うん。私は部屋の掃除や片付けをして待ってるね」

児童養護施設を訪問した週の金曜日——。

学校が終わって帰宅した後、俺は葵《あおい》さんに見送られ近くのスーパーに向かうことに。

いつものルーティンでいえば、食材を買い出しに行くのは月曜日と木曜日。

じゃあなぜ買い出しに向かっているかというと、今日から瑛士《えいじ》と泉《いずみ》が二泊三日で泊まりにくることになったからだ。

二人分の食材なら間に合うが、さすがに四人分となると月曜日まで足りるはずもない。

家の掃除や片付けは葵さんに任せ、急遽《きゅうきょ》買い出しにいこうってわけ。

「気を付けて行ってきてね」

「ああ。スーパーを出る時に連絡するよ」

「うん。いってらっしゃい」

「いってきます」

玄関先で葵さんに見送られながら家を後にする。

途中何度か振り返ると、葵さんは俺が曲がり角を曲がるまでずっと家の前で手を振ってくれていた。俺もその都度、手を振って答えるわけだが。

「……なんだかこういうの、新婚生活っぽくていいな」

仕事に行く旦那さんを送り出す奥さんとの甘い生活を彷彿《ほうふつ》とさせる。

――いやいや、何を唐突に幸せを噛《か》みしめているんだ俺は！

なんて自分に突っ込みつつ思う。

「でも、いってきますって言える相手がいるって、やっぱりいいよな……」

スーパーへの道のりを歩きながら、そんなことを考える。

一人暮らしを始めた当初は、家族から解放された喜びや一人暮らしを始めた高揚感が勝っていたが、そんな気分は一時的なものだと知った。

ぶっちゃけ、寂《さび》しさを覚えていなかったと言えば嘘《うそ》になる。

でも、葵さんと一緒に住むようになってそんな感情はなくなった。

毎日慌ただしく過ごす中、不意に訪れる穏やかな時間。

食後になにげなく一緒にテレビを眺めていたり、寝る前に翌日の予定を確認し合ったり、お互いに別のことをしている時ですら、同じ空間にいるだけで一人じゃないと実感できる。

誰《だれ》かが隣にいるだけで、こんなにも満たされるのだと気づかされるなんてな。

「案外、一緒に暮らして助かってるのは俺の方かもな……」

なんて、少し話がそれてしまったが。

なんで二人が泊まりにくることになったかというと、話は今日のお昼休みに遡《さかのぼ》る。

＊

「今日から二泊三日のテスト対策勉強合宿を開催します！」

お昼休み、泉は俺たちを屋上に呼び出すと声高らかに宣言した。

すっかり忘れていたが、期末テストは六月の最終週。

気が付けば残り十日と迫っていた。

「もうそんな時期か……葵さんの誤解を解くのに忙しくて忘れてたな」

「わたしも葵さんがみんなと仲良くなっていくのが嬉《うれ》しくて、思いの他お世話を焼き過ぎちゃった感はいなめないけど、そろそろ本格的に勉強を始めないとヤバいと思うんだよねー」

前回、ほとんど赤点だったのを考えれば遅いくらいだろう。

やっぱりあれもこれも同時に進行しようとするのって難しい。

「そんなわけで、学校が終わったら晃《あきら》君の家に集合でいい？」

「ああ。よろしく頼むよ」

「オッケー♪ 一度家に帰ってお泊まりの準備してからだから、七時には着くと思う」

「僕もそのくらいの時間に着くようにいくよ」

「みんな、ありがとう」

葵さんは丁寧に頭を下げてお礼を言う。

こうして急遽、我が家で勉強合宿の開催が決定した。

＊

近所のスーパーに着いた俺は、買い物かごを片手に店内へ足を進めた。

二泊三日分の食材。しかも四人分となれば、かなりの量を確保しておく必要がある。

わざわざ二人が葵さんのために勉強合宿を開いてくれるのに、カップラーメンやコンビニ弁当ってわけにもいかない。

一人の時は別にそれでもいいと思っていたのが懐かしい。

「さて、どうするかな」

夕食のおかずを考えつつ、店内を見て回りながらふと思う。

そういえば、一緒に住んでもうすぐ一ヶ月経《た》つけど、葵さんの好きな食べ物とか知らないな。

俺が作ったものはなんでも美味《おい》しそうに食べてくれるから気にしたことがなかった。

「俺はまだまだ葵さんのことをわかってないんだな……」

今度好きな食べ物を聞いてみようと思った時だった。

「あー！　晃君じゃーん！」

「うおぉ！」

背後からでかい声で名前を呼ばれた。呼ばれたというか叫ばれた。

肩をビクリと震わせながら振り返ると、私服で買い物かごを手にしている泉の姿。

「泉か……驚かすなよ」

「ごめんごめん。驚かすつもりはなかったんだ」

「本当、泉はいつでもどこでも元気だな」

「そんな褒めてもなにもでないぞ♪」

キャピって感じで横ピースしてみせるんだが勘違いも甚だしい。

半分は褒めてねぇよ。

「泉も買い出しか？」

「うん。さすがに手ぶらでお邪魔するわけにもいかないでしょ？」

「ん？　もしかしてうちに持ってくるつもりか？」

「そうだよ。みんなにご飯作ってあげようと思って」

「気を使わなくていいのに。飯くらい俺が用意するさ」

「だったら一緒に作ればいいじゃん。その方が早いし楽しいでしょ！」

泉は想像するだけで楽しいらしい。

散歩に行くと言われた直後の犬みたいなテンションで上機嫌。

「悪いな」

「それこそ気を使わないの。好きでやってるんだし」

なんて話をしながら泉と一緒に店内を見て回る。

その後、お会計を済ませた俺たちは買い物袋を片手に家に向かった。

「ところで晃君」

「ん？」

「葵さんとはどこまで進んでるの？」

「はぁ⁉」

突然なにを言ってるんだと思いつつ、泉は至って真面目《まじめ》な顔だった。

茶化《ちゃか》している様子はなく『ちゃんと聞いておきたいんだけど』とでも言いたげな表情。

「どこまでって……別に俺と葵さんはそういう関係じゃない」

「え……？」

泉は眉《まゆ》をひそめて物申したそうな顔をする。

「キスもしてないってこと？」

「付き合ってないのにするわけないだろ」

「嘘《うそ》でしょ⁉　若い男女が一つ屋根の下にいてなにもないなんてことあるの⁉」

お願いだからやめてくれ。

そんなことを期待しつつも手を出せないヘタレの自覚はあるから心が痛い。

「まさか晃君って……え？　そういうこと？　瑛士君と妙に仲が良いと思ってたんだけど……ごめんね。瑛士君はわたしのだから、さすがに晃君でもあげられない」

「おまえが頭の中で想像しているようなR指定的なことは一切《いっさい》ない」

あえて聞きたくもないが、察してちょっと想像したじゃねぇかちくしょう。

「でも下心がないわけじゃないでしょ？　据え膳食わぬは男の恥って言うくらいだし、困ってる女の子を助けてあげて『わかってるだろ？』みたいなことを期待してるのかなーなんて」

「おまえの中で俺はいったいどんな奴《やつ》なんだよ……」

そんなエロ漫画みたいな展開を期待されても困る。

そんなエロ漫画みたいな展開を期待した俺が言うのもなんだが。

「今の話は冗談だけど、ずっと気になってたんだよね。晃君がなんで葵さんを助けたのか」

「別に助ける理由なんて人それぞれだろ」

「じゃあ晃君が葵さんを助けてあげた理由ってなに？」

相変わらずグイグイくるな。

こうなった時の泉の面倒くささは始末に負えない。

泉はなにも考えてないようでいて意外と鋭いところがあり、適当なことを言っても嘘だと見透かされて問い詰められるだけ。

今まで何度適当なことを言って見透かされたことか。

誰かに言うつもりはなかったが、別に隠すようなことでもなかった。

「……初恋の女の子と被《かぶ》ったんだよ」

「初恋の女の子？」

「幼稚園の頃《ころ》、いつも一人で寂しそうにしてる女の子がいたんだ。公園で葵さんを見かけた時、数年ぶりにその子を思い出してさ……それで、放っておけなくて」

「へぇ。晃君もピュアな頃があったんだね」

「まるで今は違うみたいな言い方はやめろ」

「ゴメンゴメン。それで、初恋のその子とはどうだったの？」

「小学校に上がる時に俺が親の転勤で引っ越してそれっきりさ。結局俺は、寂しそうにしてるあの子になにもしてやれなかった。笑顔にしてやりたいと思っていたのに、一度も笑顔にしてやることができなかった……幼いながらに、それを後悔してたのかもな」

「そっか……」

当時の朧《おぼろ》げな記憶だが、確かに後悔の念は覚えてる。

「名前は？　名前がわかれば探せるんじゃない？　幼稚園の頃ってことは、晃君が前にこの街にいた時の話でしょ？　ってことは、この街のどこかに今も住んでるかもしれないし」

「名前は……」

古い記憶をかき分けるように思い出そうとする。

フルネームは思い出せないが、確か名字《みょうじ》は……篠田だったような気がする。

まぁそれも、いつものように記憶がごちゃ混ぜになっていて、他の誰かと混同している可能性は否定できない。

「最近まですっかり忘れてたし、小さい頃のことだからその子の名前も覚えてない」

不確かなことを言っても仕方がないと思い、そう言って誤魔化《ごまか》した。

「それじゃ探しようがないね」

それでも、どこかで元気にしていてくれたらと思う。

別に今も好きなわけじゃないが、なにかのきっかけで再会できたらなんて……そんなドラマみたいなことは起きないとわかっていても、想像してしまうのは仕方がないだろう。

なにかで聞いたことがある――初恋は男をダメにして、女を成長させるって。

未《いま》だに初恋の女の子を思い出してしまうあたり、ある意味当たっているのかもな。

「だとしても、そっかぁ……葵さんとはなにもないのかぁ」

「そう残念そうに言ってくれるな」

俺だってちょっとは残念に思ってるんだから。

「葵さんもまんざらでもないと思うんだけどな」

「仮にそうだとしても、今の葵さんの状況を考えればなにもできないさ。俺が今迫ったとしたら葵さんの弱みに付け込んだみたいな感じになる。そういうのは嫌だからな」

「晃君って意外と紳士なんだね」

「意外は余計だ」

泉は突っ込み待ちだったらしく面白《おもしろ》そうに笑って見せた。

「今度はちゃんと笑顔にしてあげるんだよ」

「その子の代わりってわけじゃないけど、晃君に同じ後悔はして欲しくないな」

「え……？」

「泉、おまえ……」

「あ、瑛士君だ」

気が付けば家の近くまで来ていた俺たち。

近くの交差点で俺たちに手を振っている瑛士の姿が見えた。

「二人とも一緒だったんだね」

「ああ。スーパーでばったり会ってな」

「泉、もうすぐそこだけど荷物を持つよ」

瑛士がそう言って泉の買い物袋を受け取ると。

「ありがとう。愛してるぞ！」

「僕も愛してるよ」

恋バナをしていたせいだろうか……いつもは何とも思わないのに少し羨《うらや》ましい。

二人を後目《しりめ》にこっそり妄想の世界にダイブしてみる。

葵さん『晃君、愛してるよ』
俺　『俺も愛してるよ』

ぬあああああ！　ダメだダメだ、想像しただけでむずむずする！

こいつらこんなことをリアルでやってるのか？

俺に彼女ができたとしても、絶対に面と向かって言える気がしない。

ちなみに相手が葵さんだったのはそっとしておいてくれ。

「晃、顔が赤いけどどうかした？」

「うるせえ！　ほっといてくれこのバカップルが！」

「どうでもいいけど、家の前を通り過ぎてるよ」

我ながら酷《ひど》い八つ当たりだと反省しつつ、気が付けば家に着いていた俺たち。

すごすごと引き返して二人と一緒に家に上がると、葵さんが出迎えてくれた。

「おかえりなさい」

「ただいま。ちょうど二人と一緒になってさ」

「お邪魔しまーす！」

泉は部屋に上がるなり葵さんに抱き付いて、じゃれ合いながらリビングへ向かう。

「あの二人、ずいぶん仲良くなったみたいだな」

「そうだね。タイプは違うけど気が合うみたいだよ」

「そりゃよかった」

正直、ここまで二人が仲良くなるとは思わなかった。

色々な意味で真逆な二人だが、なにか魅かれあうものがあるんだろう。

「二人を見てると、なんとなく太陽と月を連想するんだよな」

「太陽と月？」

「底抜けに明るい泉を太陽とするのなら、穏やかで物静かな葵さんは月。月が太陽に照らされて輝くみたいに、泉の明るさのおかげで葵さんもずいぶん明るくなったよ」

「なるほどね。でも葵さんにとっての太陽は泉じゃないと思うけど」

「なんでだ？」

そう尋ねるが、瑛士は黙ってリビングへと入っていった。

「相変わらず意味深なことばっかり言って……」

どうせこれ以上聞いても答えないだろう。

みんなに続いてリビングに向かい、買ってきた食材をキッチンへ運ぶ。

「とりあえず夕食の準備するか。勉強は食事と風呂《ふろ》を済ましてからでいいだろ」

「そうだね。じゃあみんなでご飯作ろう！」

泉はバッグから自前のエプロンを取り出して意気揚々と準備を始める。

その隣で、葵さんは不安そうな表情を浮かべていた。

「泉さん。私、料理はあまりしたことないの……」

「そうなの？　大丈夫、わたしと一緒に作ろ」

「一緒にはいいけど、うちのキッチンは四人で作業できるほど広くないぞ」

「わたしたちは火を使わない料理を作るからテーブルでやるよ。コンロが使えなくてもいろいろやりようはあるからね。煮たり焼いたりする凝った料理は晃君にお願いしよっかな」

「了解。じゃあ瑛士は俺を手伝ってくれ」

「わかった」

こうして、俺たちは二手に分かれて料理を始めた。

「あー……お腹《なか》いっぱい」

「さすがに食べすぎだろ……」

夕食後、泉は苦しそうに腹をさすりながらソファーに沈んでいた。

「みんなでご飯食べるのが楽しくてつい」

にしても、ハンバーグ三つにご飯お代わりは食べすぎだろ。

普段は二人分しか作っていなかったせいか四人分の分量がよくわからず、作りすぎたら冷凍にして後日食べればいいやと思っていたら、案の定作りすぎてしまった。

それを見た泉が『四人いれば食べきれるよ！』とか言うから全部焼いたものの……どう見ても食べきれない量のハンバーグが食卓に並んでしまった。肉の暴力って恐ろしい。

結果、泉が調子こいて食べすぎて今に至る。

「泉、大丈夫かい？」

「うん。少し休めばなんとか」

心配そうに声を掛ける瑛士に泉は苦笑いで答える。

なんだか食べすぎて身動きが取れないハムスターを連想させる。

「夜食に桜餅《さくらもち》も買っておいたが、これは明日に回そう」

「桜餅⁉　食べる！」

桜餅という単語を聞いた瞬間、泉はがばっと身体を起こした。

さっきまで苦しそうに唸《うな》っていたのが嘘みたいに目を輝かせている。

……いやいや、さすがに冗談だろ？

「合宿といえば夜食だよね、葵さん！」

「え？　う、うん……たぶん？」

葵さんに変な振りするのやめろ。

純粋だからなんでもかんでも信じるだろうが。

「泉、マジで食べたいって言ってるのか？」

「うん。三日もあるんだし、スーパーでお菓子も買ってくればよかったな～」

本気で残念そうに口にするあたり、冗談ではないらしい。

こいつは食欲の権化かなにかだろうか？

よく女の子にとって甘い物やお菓子は別腹だって聞くが、いくらなんでも身体の大きさに対して口に入れた体積の量が不釣り合いすぎる。

「そうだ葵さん、コンビニでお菓子も買ってこようよ！」

「うん。いいよ」

「本当⁉　やった！」

泉は今の今まで苦しそうにしていたのを忘れたかのように立ち上がる。

「ちょっと待て」

「なに？」

時計に目を向けると既に九時過ぎ。

さすがにいい時間だし、女の子二人で外を歩かせるのは心配だ。

それに食い倒れていた奴をコンビニに行かせるのもしのびない。

「俺と瑛士で買ってくるから、二人は風呂でも入って待ってろ」

「いいの？　さっすが晃君、優しいね～葵さん」

「うん。晃君はいつも優しいよ」

「へぇ～どんな感じで優しいの？」

そういうのは本人のいないところで聞いてくれ。

さすがに目の前で話されるのは恥ずかしすぎるだろ。

「え？　えっと、ね……いつも私がどうしたいか、ちゃんと聞いてくれる。お母さんと住んでた頃は、私の気持ちを聞いてもらえることなんてなかったから……」

「「「……」」」

思わず言葉を失くしてしまった俺たち。

葵さんにそんなつもりはないんだろうけど、思いがけず明かされた家庭事情に言葉を失くす。

自分の気持ちすら言葉にできずに押し殺して過ごす日々は、いったいどんな生活だったんだろうか……想像するのは決して難しいことじゃない。

「気持ちを口にしていいし、もっと甘えていいんだよ。特に晃君に！」

「特にってなんだよ！」

泉は葵さんの両肩を掴《つか》み、くるりと身体を回して俺と向き合わせる。

「よし。晃君に食べたいお菓子を言ってごらん！」

「え、えっと……」

泉にせかされながら、葵さんは戸惑った感じで口ごもる。

ちらちらと俺の様子を窺《うかが》った後。

「プリン、食べたい……」

「ああ。わかった」

ちょっとお店のプリン買い占めしてくるわ。

「オッケー。じゃあ続きは一緒にお風呂入りながら聞こうかな♪」

「い、一緒に入るの？」

葵さんが戸惑った感じで尋ねると。

「うん。女子会っていえば一緒にお風呂だからね！」

泉はさも当然のように言い切った。

だから葵さんに変な振りするのやめろって。

純粋だから信じるし、一緒にお風呂とか羨ましいだろうが。

なんて俺の嫉妬《しっと》はともかく、いつからこの集まりは女子会になったんだ。

心の中で突っ込みつつ、健全な男子高校生が想像の一つや二つするのは許して欲しい。美少女二人が一緒にうちの風呂に入るとか、想像するだけで幸せな気分になるよな。

ていうか、そもそも女子って一緒に風呂に入るものなのか？

……思わず男同士で入るのを想像してテンションがだだ下がり。

余計な想像までするんじゃなかった。

「じゃあ、わたしたちはお風呂に入って待ってるから」

「ああ。そうしてくれ」

「晃君、いろんな意味でお先に～♪」

どんな意味かはあえて聞かないが、泉は『羨ましいでしょ？』とでも言わんばかりにニヤニヤしながらリビングを後にする……羨ましいに決まってんだろちくしょう！

「……コンビニ行くか」

「うん」

泉に翻弄されつつ、俺たちはプリンを買うために家を後にした。

別に深い意味はないが、帰ってきたら瑛士より先に風呂に入らせてもらおう。

＊

コンビニで大量のお菓子とプリンを買った俺たちは、買い物袋を手に家に向かっていた。

大通りから外れた住宅街の道は薄暗く、やはり女の子だけで行かせなくてよかったと思う。治安が悪い地域ではないが、このご時世、不用心なことは避けるに越したことはない。

帰ったらさすがに勉強を始めないと。

「葵さんにずいぶん信頼されてるみたいだね」

「カップル揃《そろ》って冷やかさないでくれよ」

さすがにいい加減恥ずかしいわ。

「冷やかしてるつもりはないよ。二人がどんな生活をしてるのか気になってたからさ」

「ようやくってところだよ。最初の頃、俺は葵さんをギャルだと勘違いしてたから気まずいし、葵さんは葵さんで遠慮していたせいか、必要以上の会話はなかったんだ。今日だって泉があぁ言ってくれなかったら、自分の気持ちなんて口にしなかっただろうな」

「それは仕方ないさ。他人同士が付き合っていくのは難しいからね」

「モールで瑛士が言った言葉の意味を、最近になって痛感してるよ……」

男と女は基本的に理解し合えない。

大切な人だからこそ、関係を守るために対話が必要。

相手を知ることで、自分が相手のことをどれだけ知らないかということを思い知らされる。

会話なくして理解することはできず、理解をした傍《そば》からわからないことが増えていく。

でも、その努力を怠ってしまったら、いずれ一緒にはいられなくなるんだろう。

相手が異性ならなおさらだよな。

「でも、これなら同居生活も上手《うま》くいきそうだね」

「……どうだろうな」

「なにか不安があるのかい？」

不安がないわけじゃない。

いや、不安なんていくらでもある。

「正直、未だにわからないんだ。あの時、葵さんを家に連れ帰ったことが正しかったのか」

ふとした瞬間に、何度もそう考えてしまう。

それはまるで、答えのない問題をひたすら解き続けるように。

「葵さんが俺を信頼してくれてるのは嬉しい。少しでも葵さんの力になれているならよかったと思う。でも、葵さんが本心でどう思ってるかなんてわからない。もしかしたらもっといい方法があったんじゃないかとか、俺がやってることは余計なお世話なんじゃないかってさ……」

「なるほどね……」

「でも、そんなことは聞けない。聞いたとしても、絶対に『そんなことない』って言うのはわかってる。それが本心かどうか見抜けるはずもない。たまに自分のしていることが正しいのかわからなくなる。そんな不安は……ずっとある」

「…………」

瑛士はしばらく黙り込んだ。

目を向けても辺りの暗がりに紛《まぎ》れて表情は見て取れない。

「別に、余計なお世話でも間違っていてもいいと思うよ」

「え……？」

瑛士は言葉を選ぶように落ち着いた声音《こわね》で語りだした。

「それでも葵さんが晃に助けられた事実は変わらないさ」

「そう……なのかな」

「もっといい方法があったかもしれないけど、可能性の話をしたらきりがない。葵さんがどう思ってるかは葵さんしかわからないけど、僕は葵さんが晃のことを優しいって言った時、その言葉に偽りはないと思った。それだけで晃が手を差し伸べてあげた意味はあると思うよ」

「……そっか」

親友が向けてくれる言葉に、少しだけ心が晴れたような気がした。

「二人の事情を他の誰かが聞いたら、よくないとか偽善だとか、あれこれ言う人もいると思う。でも、大切なのは当人たちの気持ちさ。それに、本当に困っている人を助ける時には強引なくらいがちょうどいいんだよ。相手はどうしたって遠慮するんだから」

「そうだな……」

「それと、葵さんの言葉を信じてあげるのも大切だよ。不安になる気持ちはわかるけど、相手の言葉の裏を読もうとせず、向けてくれる言葉を信じる強さも男女の付き合いには必要さ。目に見えないものに不安になるよりも、目に見えるものを大切にするべきだと思う」

「……たまに瑛士が本当に高校生か疑問に思う時があるんだが」

「晃と同じ高校生さ。ただ、少し先に彼女ができただけのね」

彼女ができたくらいでそんな考え方ができるなら、この世から離婚問題は消え去るわ。

「まぁでも、ありがとうな。ちょっとすっきりしたよ」

「なにが正解かなんて誰にもわからない。考えすぎて悩むより、間違っていたとしてもやれることをやった方がいい。この生活がずっと続くわけじゃないんだからさ」

「わかってるよ」

瑛士の言葉が寂しそうに聞こえたのは、きっと気のせいじゃないだろう。

俺も瑛士も、そう遠くない未来が見えてしまっているのだから。

「さあ、そろそろ家だよ。辛気くさいのはこのくらいにしよう」

「ああ」

やっぱり持つべきものは親友だ。

全部を一人で抱え込んで悩む必要なんてなかったのかもしれない。

葵さんの言葉を信じて、できるだけのことをしてあげよう。

気持ちを切り替えて家のドアを開けると。

「ただいま」

「おかえり！」

待ってましたと言わんばかりに風呂上がりの泉が出迎える。

その後ろからこちらを窺うように、葵さんもリビングからやってきた。

「おかえりなさい」

「ただいま。はい、これプリン」

「ありがとう……え？」

手にしていた袋ごと葵さんに渡すと、中を覗《のぞ》いて驚きの声を上げた。

「これ、全部？」

それもそうだろう。

中には袋がはちきれんばかりにプリンが詰め込まれている。

「いや、ほら……プリンて色々な種類があるだろ？　どれがいいかわからなくて、とりあえず全種類二個ずつ買えばいいかなって思ってたら、思いのほか多くなっちゃって」

コンビニに行く前はノリで買い占めようと思ったものの、さすがにマジで買い占めるわけにもいかないと思っていたんだが……結果的に買い占めみたいになってしまった。

「無理して食べなくてもいいからさ」

「ううん。食べる。ありがとう」

満面の笑みを浮かべる葵さんを見て、反射的に目をそらしてしまった。

こんな些細《ささい》なことで喜んでくれるのは素直に嬉しいんだが……ちょっと照れる。

「あれあれ～？　晃君もしかして、お礼を言われて照れてるの？」

「照れてねえよ！」

「ほんとに～？　顔が赤いぞう」

そんな俺に泉がしつこくちょっかいを出してくる。

「ほら、お菓子も買ってきたし勉強するぞ！」

「はーい。もう準備してあるから」

お菓子を手にリビングへ戻っていく二人の後に続く。

さっそく勉強を始めようとテーブルに目を向けると、そこには桜餅が入っていたパックが空になっていた。

「……」

「どうしたの？」

「いや、なんでもない」

もう突っ込むのも疲れたわ。

「ところで、誰が葵さんに教えてあげるんだ？」

テーブルを囲んで座りながら、なんとなく疑問を口にする。

すっかり忘れそうになっていたが、勉強合宿の目的は葵さんの学力向上。一学期前半の遅れを取り戻して期末試験で良い成績を残し、少しでも教師たちへの印象を改善するため。

「みんなで教えてあげればいいじゃん。わたしたちは復習になるんだしさ」

「それもそうか」

そんなわけで、ようやく勉強合宿がスタート。

俺たちは教科書の最初の最初、つまり一ページ目から始めた。

期末試験対策ならテスト範囲だけ勉強すればいいが、葵さんはアルバイトに明け暮れていて一学期の大半を休んでいたため、一から復習をしないと期末試験の問題に対応できない。

俺たちは自分の勉強もそっちのけで葵さんに勉強を教える。

さすがに難航するだろうと思っていたんだが、始めてみるとそうでもなかった。

葵さんは授業に出ていなかっただけで地頭はいいらしく、教えたことをきちんと理解して進めていく。三人がかりで丁寧に教えているとはいえ、ここまでとは思わなかった。

葵さんのことを知れば知るほど、当初の印象との乖離《かいり》に驚かされる。

これならきっと、期末試験は大丈夫だろう。

その後も俺たちは葵さんに勉強を教えつつ、俺と瑛士は交互に風呂に入ったり休憩したり。

気が付けば時計の針は日をまたぎ、時間を忘れて勉強を続けていた。

「……んんぅ」

さすがにはしゃぎ疲れたんだろう。

一時を過ぎた頃、真っ先に泉が寝落ちした。

テーブルに伏せながら、それでも手はお菓子の袋に突っ込んでいるあたり、食欲と睡眠欲の激しい攻防の跡が見て取れる。食うのか寝るのかはっきりしろ。

さすがの泉も寝ながら食べるのは無理らしい。

「そろそろ終わりにするか」

「そうだね。明日も明後日もあるし」

「うん。みんなありがとう」

葵さんはペンをおくと、瑛士と寝ている泉に丁寧に頭を下げた。

「晃、僕と泉はどこで寝たらいいかな？」

「両親のベッドが空いてるから使ってくれ。寝室は一番奥の部屋だから」

「ありがとう。使わせてもらうよ」

瑛士はそう言うと、泉をお姫様抱っこで抱え上げる。

「おやすみ。また明日」

「ああ。おやすみ」

「おやすみなさい」

二人を見送り、リビングに残された俺と葵さん。

今までもずっと二人で過ごしていたのに、微妙な空気が俺たちの間に流れる。

「軽く片付けたら俺たちも寝ようか」

「うん。でもその前に……」

「ん？　どうかした？」

葵さんはぱたぱたと冷蔵庫に向かいドアを開ける。

すると、中から買ってきたプリンを二つ取り出した。

「よかったら、一緒に食べてから寝ない？」

「もちろん。いいよ」

「ありがとう」

少し嬉しそうに笑顔を浮かべながら俺の隣に腰を下ろす。

蓋《ふた》を開けてプリンを口に運ぶと、丁度いい甘さが口の中に広がった。

「おいしい」

「うん。久しぶりに食べたけど美味《うま》いな」

「実は私も久しぶりなの」

「そうなの？」

「まだ両親の仲が良かった頃はね、お父さんがよく仕事帰りにプリンを買ってきてくれたの。それをお風呂上がりに、家族三人で食べるのがすごく好きだったんだ」

葵さんは懐かしむような表情を浮かべた。

思いをはせているのは両親との楽しかった思い出。

「ごめんね。暗い話をしちゃって。本当はそんな話がしたかったわけじゃなくて、またこうして誰かと一緒にプリンを食べることができて、幸せだなってことなんだ。えっと、だからね……これからも一緒にプリンを食べてくれると嬉しいなって」

「葵さん……」

その相手が自分だということを嬉しく思う。

それと同時、葵さんの境遇を悲観してしまう自分もいる。

それでも一緒に過ごす時間を幸せだと思ってくれるなら。

「もちろん。なんなら毎日でも一緒に食べよう。プリンだけじゃなく、他にも葵さんの好きなものを教えて欲しい。これからは葵さんの楽しいと思うことをたくさんしていこう」

「うん。ありがとう」

この笑顔をまた見られるなら、いくらでも支えたい。

強くそう思わずにはいられなかった。

「それとね、もう一つ……」

「もう一つ？」

「私のためにいろいろ考えてくれてありがとう」

葵さんは妙に改まった様子で口にした。

「今日の勉強合宿とか、私に友達ができるように泉さんや瑛士君に相談してくれたこと。ずっとお礼を言いたいと思ってたんだけど、なかなかちゃんとお話しするタイミングがなくて」

その言葉に、胸を打たれてしまったのは仕方がないと思うんだ。

「お母さんがいなくなった時はショックだったけど、こんなに楽しい毎日を過ごせるなんて思ってなかった。これも全部、晃君に助けてもらったおかげ。本当にありがとう」

穏やかな笑顔を浮かべながら話す葵さんを見て思う。

俺がやってきたことは、無駄でも迷惑でもなかったんだって。

「晃君には助けてもらってばかりだから、私も何かお返しできればいいんだけど……料理は苦手だし、私はできることって掃除くらいしかなくて、申し訳ないなって思ってるの」

「充分だよ。葵さんが楽しく過ごしてくれるのが一番なんだからさ」

「うん……でも、もし私にできることがあったらなんでも言ってね」

「ああ。ありがとうな」

こうして勉強合宿初日の夜は更けていく。

瑛士の言う通り、目に見えるものを大切にしようと思った。

＊

こうして勉強合宿は土日と続く。

みんなで勉強し、食事を取り、息抜きがてら近所を散歩したり。

誰かと一緒にすることで、一人の時のようにサボることもなく、思っていた以上に効率よく勉強を進められた。

それはつまり、葵さんの学力向上にも大きな効果があったということ。

一学期の半分ほど遅れを取っていた学力も、最終日にはだいぶ取り戻せていた。

もちろん完全に取り戻せたわけではないが、まだ一週間ある。

このまま勉強を続けて、テスト直前の土日も合宿をすればぎりぎり間に合うだろう。

そして最終日の三日目の夜。

「じゃあ、僕らはそろそろ帰るよ」

「楽しかった！　次の土日もやろうね！」

葵さんと一緒に二人を玄関先まで見送る。

「二人ともありがとう」

「お礼なんていいんだよ。友達なんだから♪」

お礼を口にする葵さんに泉が笑顔で返す。

「また明日、学校でな」

「うん。あっ、そうだ――」

すると泉が何かを思い出したように鞄《かばん》を漁《あさ》り始める。

「はい、晃君」

そう言って差し出したのは茶色い紙袋。

「なんだこれ？」

「今の晃君に必要だと思って買っておいたんだけど、渡すの忘れるところだった」

何が入っているんだろうと思いながら袋を開ける。

「ちょっ――！」

中から取り出して何なのか気づき、慌てて紙袋に突っ込み直した。

「晃君、なんだったの？」

「あ、いやなんでもない！」

覗き込もうとする葵さんから隠すように後ろ手に持つ。

中に入っていたのはカップルが致す時に使うゴム製品だった。

「備えあれば憂いなしってね！」

「ぐぬ……」

泉はウインクしながら右手の親指をグッと突き出してみせる。

色々と突っ込みたいというか、言い返してやりたい気分だが……葵さんの手前、過剰にリアクションして詮索《せんさく》されるわけにもいかず、喉元《のどもと》まで出かかった言葉を飲み込む。

「じゃあね～♪」

こうして勉強合宿は、泉にからかわれて終わったのだった。

とりあえずクローゼットの奥に隠しておこう。

＊

それから俺と葵さんは、毎晩二人でテスト勉強を続けた。

テスト前ということもあり、葵さんはアルバイト先の喫茶店《きっさてん》を休んで勉強に集中。

学校が終わって家に帰ると俺が夕食を作ってる間に一人で勉強を続け、夕食と風呂を済ませるとわからなかったところを俺が教えるというルーティンを繰り返す。

そんな日々が続き、テスト期間が二日後に迫ったある夜のこと。

俺が夜中にトイレに行きたくなって目を覚ますと、葵さんが使っている日和《ひより》の部屋のドアが少し開き、中から明かりが漏《も》れていた。

「葵さん……こんな時間まで勉強してるのか？」

日付をまたぐまで一緒に勉強していて、もう寝ようって言って終わらせたのに……その後もずっと続けていたのか。

トイレを済ませた俺はリビングに足を運ぶ。

掛け時計に目を向けると深夜の二時を回ったところだった。

なにか差し入れでもしてあげようと思い、冷蔵庫から紅茶を取り出して二つのグラスに注《そそ》ぐ。

適当に買い置きしていたチョコと一緒にトレーに載せてリビングを後にする。

葵さんが使っている日和の部屋の前に立つと、そっとノックしてドアを開けた。

「お疲れさま。ちょっとお邪魔していい？」

「ごめんね。起こしちゃった？」

少し驚いた様子で手をとめる葵さん。

「いや、トイレに行きたくて目を覚ましたら電気がついてたからさ」

「そっか」

「邪魔しちゃ悪いかなと思ったんだけど、遅くまで頑張ってるみたいだから差し入れ。紅茶でも飲んで一息入れない？　小腹も空いたかなと思ってチョコも持ってきたんだけど」

「ありがとう。ちょうど休憩しようと思ってたの」

「じゃあ、少しだけ一緒にいい？」

「うん。もちろん」

葵さんはペンをテーブルにおき、隣に座るように促してくれる。

俺はテーブルにトレーを置いて葵さんの隣に腰を下ろした。

「勉強の調子はどう？」

「まずまずかな。せっかくみんなが私のために時間を割いて教えてくれたんだから、私もできる限りのことをしたくて。いきなり良い点は無理かもしれないけど」

「そっか……」

そう口にする葵さんの表情からは、はっきりとした意志が見て取れた。

葵さんはたぶん、あまり欲という欲がない人だと思う。

勉強だって無理して頑張ってまで良い点を取りたいとは思わないタイプだと思う。それでもこんなに頑張っているのは、俺たちの恩に報いたい気持ちが大きいんだろう。

葵さんらしいなと思うくらいには、葵さんを理解できてきたんだろうか。

「でも、少しわからないところがあって」

テーブルの上に広がっている教科書とノートに目を向ける。

「数学か。何問くらい？」

「二つ……三つかな」

「だったら俺が今教えてあげるよ」

「そんな……悪いよ」

「遠慮しなくていいって。遅くまで勉強を頑張ってるのは偉いと思うけど、あまり遅くまでやりすぎても明日に響く。わからないところを終わらせて、切りのいいところで今日は寝よう」

そう提案すると、葵さんは遠慮しながらも小さく頷《うなず》き。

「ありがとう。じゃあお願いしていい？」

「もちろん。どれどれ」

教科書を覗き込もうとした時だった。

「あ……」

葵さんが小さく呟《つぶや》く。

「ん？　どうかした？」

なんて言いながら顔を向け、葵さんが呟いた理由を理解した。

そこには驚いた顔で頬《ほお》を紅く染める葵さんの顔がすぐ近く。

「ご、ごめん！」

教科書を覗き込もうとしたあまり、必要以上に顔を近づけてしまったらしい。もし俺が勢いよく振り向いてたら事故が起きていてもおかしくなかったぞ。惜しい。

慌てて距離を取って顔を離す。

「ううん。私の方こそ……なんかごめんね」

照れているというか動揺している姿に胸がキュッと締め付けられる。

まずいまずい。

今は勉強をしているんだからときめいている場合じゃない。

気持ちを切り替えようと紅茶とチョコを口にする。

「よし。やるか！」

「うん」

どうかこの努力が、いい結果に繋《つな》がるようにと願わずにはいられない。

こうして夜は更けていった。

第五話　まさかの来訪者

「終わったー！」

期末テスト最終日の金曜日。

最後のテストが終わった瞬間、教室に泉《いずみ》の声が響いた。

他の生徒も同じ気持ちらしく、解放された喜びに賑《にぎ》わっている。

中には絶望した表情を浮かべている奴《やつ》や、白目を剝《む》いて口から魂が出かかっている奴もいるが……心中はお察しする。

夏休みを補習で潰《つぶ》さないためにも追試を頑張ってくれたまえ。

なんて思いつつ、とはいえ他人事《ひとごと》と割り切るのはまだ早い。

「晃《あきら》、どうだった？」

「問題ない。むしろ中間テストより調子よかったよ」

これもみんなで勉強合宿をしたおかげだろう。

それよりも――。

「葵《あおい》さん、テストどうだった？」

俺《おれ》は葵さんの席に向かい、仲の良い友達に話しかけるように尋ねる。

この頃《ころ》になると、泉のおかげで葵さんのクラス内での誤解はだいぶ解け、俺や瑛士《えいじ》が普通に声を掛けても周りから変に思われないくらいに馴染《なじ》むことができていた。

クラスメイトも俺たちが仲良くしていると認知している。

これも葵さんがギャルではないという地道な布教活動の成果。

「たぶん大丈夫だと思う。少なくとも赤点は回避できた……かな」

「おお。そりゃすごいな」

葵さんはほっとした様子で口にした。

「みんなのおかげ。本当にありがとう」

「葵さんが頑張ったからだよ」

中間テストの壊滅っぷりを知る身としては手放しで褒めてあげたい。

結果が出るまで油断はできないが、ひとまず安心ってところだろう。

「葵さん、今日アルバイトだろ？　途中まで一緒に帰ろうか」

「うん」

「ちょっと待って！」

葵さんと一緒に教室を出ようとした時だった。

泉が俺たちの前に回り込み、両手を広げて道をふさぐ。

「みんなに話したいことがあるから四人で帰ろ」

「いいけど、話ってなんだ？」

「それは歩きながら話すから♪」

なんだか妙に含みのある言い方だが、よからぬことを考えているのでは？

なんて思いながら四人で学校を後にして歩いていると、泉が俺たちのメッセージグループにとあるURLを送ってきた。

「なんだこれ？」

「いいからちょっと開いてみて」

言われるままにURLをクリックする。

「……温泉？」

するとそこには、とある温泉施設のホームページが載っていた。

渓谷の畔《ほとり》にある日帰り温泉施設らしく、自然に囲まれた敷地内にはたくさんの小屋が建っていて、その小屋全《すべ》てが自家源泉を引いた個室露天風呂仕様になっているらしい。

なんで温泉施設のURLを送ってきたかはともかく、泉は温泉とか神社とか着物とか、いわゆる和テイストなものや場所が好きらしい。

飲み物は紅茶よりもお茶が好きで、甘いものは洋菓子よりも和菓子が好き。ドレスよりも着物に憧《あこが》れるとか、見た目や性格の派手さはさておき、その手のものが好きだった。

勉強合宿で急須で入れたお茶がいいとか言っていたのも、俺が夜食に桜餅《さくらもち》を用意しておいたのも、そんな泉の好みを知っていたから。

ちなみに趣味は盆栽らしい。おじいちゃんかよ。

「テストの打ち上げってことで、明後日の日曜日、ここを予約しておいたから♪」

「明後日って、ずいぶん急だな」

「なに？ 予定あったりする？」

「予定はないが、いくらなんでも急すぎるだろ。予定があったらどうするつもりだったんだ？」

「葵さんには事前に空けておいてってお願いしてたんだけど、晃君に話すのをすっかり忘れちゃってて。晃君に予定あったら三人で行くしかないなーって思ってた」

「なんで俺だけ仲間外れでもいいやって感じなんだよ……」

「ごめんごめん」

泉は舌をペロッと出しながら謝る。

まぁ、泉はいつもこんな感じだから気にしてないけど。

「じゃあ決まりね」

「私、温泉って初めてだから楽しみ」

「そうなの？ 温泉はいいよ～。これを機に温泉にはまっちゃうかもね！」

温泉のよさをこんこんと語る泉と、興味深そうに耳を傾《かたむ》ける葵さん。

温泉か……確かにテスト勉強を頑張った葵さんを労《ねぎら》う意味で打ち上げをするのはいいと思う。この温泉施設は電車を乗り継いで一時間半くらいだから、日帰り旅行にもちょうどいい。学生の打ち上げと言えばカラオケだけど、葵さんはそういうタイプじゃないしな。

楽しそうにする二人を横目に、俺はホームページを眺めてふと気づく。

「ここ、一人当たりの料金じゃなくて、一部屋時間でいくらって料金体系なんだな。一時間四千円ってことは、男女で分かれて二部屋借りるとして一人二千円……結構いい値段するんだな」

まあ個室露天風呂だし、多少料金が高くても仕方がないか。

なんて思っていると。

「え？　一部屋しか予約してないよ」

泉がとんでもないことを言いやがった。

「いやいや、みんな一緒はまずいだろ！」

「なんでよぉ。友達なんだしいいじゃん」

「いや、おまえ……」

友達とはいえ……一部屋しか借りてないってことは、つまり混浴だろ？

泉がいいとしても、葵さんや瑛士は嫌がるだろ。タオルに身を包んでいるとはいえ葵さんは恥ずかしいだろうし、瑛士も自分の彼女が他の男と一緒に温泉に入るとか嫌なはず。

俺だったら彼女の裸を友達に見せるなんて絶対に嫌だ。

「瑛士、いいのか？」

「僕は前もって聞いてるし、全然かまわないよ」

「マジかよ……」

葵さんの反応を窺《うかが》おうと視線を向ける。

すると葵さんは泉とひそひそと話をしていた。

「そういうことなら……」

「はい。葵さんもオッケーだって！」

マジでマジかよ……喜んじゃうけどいいの？

「じゃあ今週末はみんなで温泉。決定ね！」

もう知らん。俺はちゃんと言ったからな。

あとからやっぱり別がよかったとか言っても知らないからなと思いつつ、期待にあっちもこっちも膨らませてしまうのは健全な男子高校生なら仕方ない。

マジで楽しみなんだけど。

「そう言えばさ、全然話は変わるんだけど」

みんなに悟られまいと心の中でガッツポーズをしていると、泉がふと口にする。

「葵さんて、どこでアルバイトしてるの？」

「駅の近くにある喫茶店《きっさてん》だよ」

「結構近くだね。じゃあさ、今からみんなで行ってもいい？」

「え？　今から？」

「葵さんがどんなところでアルバイトしてるのか興味あるし、日帰り温泉の予定も話し合いたいし。ダメ？」

　さすがにアルバイト先に押し掛けるのは迷惑だろうと思ったんだが。

「うん。いいんじゃないかな。平日はそんなに忙しくないし」

「やったね！」

　葵さんのアルバイト先か……。

　少し気になってはいたんだが、まさかこんな形で訪れることになるとは思わなかった。

＊

　喫茶店に着くと、葵さんは俺たちに店長を紹介してくれた。

　個人でやってる喫茶店と聞いていたため、高齢の男性が経営しているのかと思いきや、紹介された店長は思いのほか若い男性だった。たぶん四十歳前後くらいじゃないだろうか。

　渋めの笑顔が似合ういわゆるイケオジと呼ばれる部類の男性だった。

　それはさておき、快く迎えてくれた店長に席を案内され、俺たちはそれぞれ飲み物を頼む。

しばらくすると、制服に着替えた葵さんが注文した飲み物を運んできてくれた。

「制服可愛《かわい》い！　葵さん似合ってる！」

「そ、そんなことないよ……」

お店の制服姿で現れた葵さんは恥ずかしそうに頬《ほお》を染める。

黒を基調としたシャツと長めのスカートに、白いフリル付きのエプロン。長い髪をシュシュで一つに縛っている姿は初めて見たが……普段と違う格好ってぐっとくるよな。

「晃君どう？　似合ってるよね」

泉から同意を求められてはっとする。

無意識に見惚《みと》れてしまっていたらしい。

「あ、ああ、よく似合ってると思う」

「ありがとう……」

葵さんも恥ずかしいんだろうけど、褒めるこっちも恥ずかしい。

「あ、ごめんね。お待たせしました」

照れているのを誤魔化《ごまか》すように飲み物をテーブルに置き始める。

するとなぜか、飲み物と一緒にケーキが置かれた。

「ケーキは頼んでないけど」

「店長からの差し入れだって」

「やったー！　店長さんありがとう！」

目を輝かせて喜ぶ泉を横目に、俺は離れた場所にいる店長に頭を下げる。

「泉の好きな和菓子じゃないけど大丈夫か？」

「全然平気。和菓子が一番好きなだけで、ケーキが嫌いなわけじゃないから」

「そうかい」

結局なんでもいいのかよ。

なんて思いながらコーヒーを口にする。

正直、葵さんがどんなところでアルバイトをしているのか気になっていたが、お店はいい雰囲気だし、店長は穏やかで良い人そうだし、俺が心配する必要なんてなかった。

また一つ葵さんのことを知れたと思うと、なんだかほっとした気分だった。


それから俺は瑛士と泉の三人で日帰り温泉旅行の計画を立て始めた。

集合時間や移動時間などを決め、他にも近くの観光地やデートスポットを調べたり。

なんだかんだ盛り上がり、気が付けば閉店時間の午後八時まで話し込んでいた俺たちは、店長にお礼を言って店を後にする。

先に帰る瑛士と泉を見送り、外で葵さんが着替え終わるのを待っていた時だった。

「ちょっといいかい？」

閉店準備をしている店長に声を掛けられた。

「葵さんのことで、少し話せるかな？」

葵さんのことで――その一言で思わず身構える。

「なんでしょうか？」

「葵さんの友達なら、彼女の事情を知っていたりするのかな？」

「……事情といいますと？」

この人がどこまで知っているのかわからず言葉を濁す。

悪い人には見えないが、葵さんのことを不用意に話すわけにもいかない。この人が全てを知っているとしても、先にこちらから話を切り出すつもりはなかった。

そんな俺の態度に気づいたんだろう。

「警戒させてしまったのなら申し訳ない」

店主は両手を軽く開き、なだめるように口にする。

「私は葵さんの事情は全く知らないんだ。ただ、高校生の女の子が日中から毎日アルバイトに明け暮れているのを見ていれば、なにか話しにくい理由があるのは想像に難しくない」

そう語る店長の心配そうな眼差《まなざ》しを見てすぐに理解した。

この人は葵さんの事情を察してもなお、なにも聞かずに仕事をさせてあげていたんだろう。

葵さんにはそうしなければいけない理由があるんだろうと思って。

「でも少し前に、学校があるからシフトは学校が終わった後にして欲しいと言われてね。それ以来、日に日に元気になっていく彼女を見て、きっと事情が変わったんだろうと思っていた。そして今日こうして君たちが来てくれて思ったんだ。君たちのおかげなんだろうってね」

次第に店長の表情に安堵《あんど》の色が広がっていく。

「私が言うのも変な話なんだが、これからも葵さんと仲良くしてあげて欲しい」

一瞬でもこの人を警戒したことに胸が痛む。

「もちろんです。それこそ僕がこんなことを言うのも変な話ですが、葵さんのアルバイト先がこの喫茶店でよかったと思います。きっと葵さんもそう思っているはずです」

高校生が学校へ行かずに昼間から働きたいと言ったら、普通の大人なら断るはず。それでも事情を察して何も聞かず、働くことを受け入れたのは紛《まぎ》れもなく優しさだろう。

それを非難する人もいると思う。

だけど、俺が信用する理由としては充分だった。

「晃君、お待たせ――店長？」

そこへ現れた葵さんは、俺と店長の様子を見て頭の上に疑問符を浮かべる。

「ちょっと世間話をね。お疲れさま。またよろしくね」

「はい。お疲れさまでした」

「晃君も、ぜひまた来て欲しい」

「もちろんです。ケーキ、ごちそうさまでした」

そう言って頭を下げ、俺と葵さんは喫茶店を後にする。

夜道を二人で歩いていると、葵さんは何か聞きたそうにこちらを窺《うかが》っていた。

「店長と何をお話ししてたの？」

「ん？　葵さんがよく注文を間違えて困ってるんだけど、どうしたらいいって相談をさ」

「……嘘《うそ》。私、注文を間違えたことなんてないもん」

葵さんは不服そうに頬を膨らませる。

怒っているつもりなんだろうけど本気じゃないから全然怖くない。むしろ可愛いくらい。

こんな顔もするんだなと少し得した気分。

「もう……晃君のいじわる」

「ごめんごめん。でも店長が良い人そうでよかったよ」

「うん。良い人だよ」

嚙《か》みしめるような一言で、葵さんの店長への信頼が見て取れる。

正直、葵さんを理解しようとしてくれている人がいたことに喜びを感じている。

今のご時世、俺は人間関係とはもっと希薄なものだと思っていた。

なぜなら、俺は転校をする度に友達とは疎遠になっていったからだ。

どれだけ転校しても連絡を取り合おうと、またいつか会おうなんて約束しても、時間の経過は残酷なまでに想《おも》いの熱量を奪っていく。

いつしか俺は、人との関《かか》わりなんてそんなものだと割り切るようになっていた。

だからこそ葵さんに手を差し伸べたことを、他の誰《だれ》よりも自分自身が一番驚いていた。

俺ってこんなことするような奴だったか?

そう自問自答した数は両手を足してもたりない。

でも不思議だよな……今は心からそうしてよかったと思ってる。

だからこそ思う。


俺はいずれ転校する時に、いったいどんな想いでこの地を去るんだろうか?

今までみたいに、そんなものだと割り切ることができるんだろうか?

葵さんと出会ってから、未来を想像したくないと思う自分がいる。


そんなことを考えながら、葵さんと一緒に帰路に就く。

見上げる夜空は、わずかに雲が掛かっていた。

＊

帰宅した俺たちは、リビングで一息ついていた。

時計に目を向けると八時半を少し回ったところ。

いつもなら葵さんがアルバイト中に夕食と風呂《ふろ》の支度《したく》をして待っているんだが、今から作るとなると九時は余裕で過ぎてしまう。

俺はケーキを食べたからそんなに腹は空いてないが、葵さんはそうもいかない。

のんびりしてないで早めに作ってあげないとな。

「葵さん、先にお風呂に入ってきなよ。その間に夕食作っておくから」

「そんな、私だけ先になんて悪いよ」

「いいって。葵さんはアルバイトで疲れてるんだし、気にしないで入ってきて」

「……うん。じゃあ、そうさせてもらうね」

葵さんが風呂に向かおうとソファーから立ち上がった時だった。

不意にインターホンが鳴り響く。

「こんな時間に誰だ……えっ！」

キッチンの横にあるモニターを覗《のぞ》いて息がとまった。

なんでこんな時間にあいつが⁉

「晃君、どうかした？」

「あ、いや、その……」

葵さんに状況を説明している暇はない。

すぐに葵さんに身を隠してもらわないと。

「葵さんごめん。なにも聞かずに俺の部屋のクローゼットに隠れていてくれ！」

「え――？」

困惑する葵さんの背中を押して、強引に部屋に連れて行く。

自分のスマホのライトをオンにして葵さんに渡し、クローゼットに入ってもらった。

その後、急いで家にある葵さんの私物を俺の部屋に投げ込んでから玄関を開ける。

「遅い」

するとそこには、無表情で不満を漏《も》らす女の子の姿があった。

「悪いな。こんな時間に人が来るとは思わなかったからウトウトしてて……ていうか、日和《ひより》こそ来るなら事前に連絡してくれてもよかったのに」

「自分の家に帰ってくるのに連絡なんかいらないでしょ？」

「そりゃそうだが……」

こんな時間に現れたのは、俺の妹の明護《あかもり》日和だった。

日和は家に上がるとリビングへ向かいソファーに腰を下ろす。

「それにしても本当に急だな。どうかしたのか？」

「晃がお父さんにもお母さんにも連絡しないから、私が様子を見に行けって言われたのよ」

……確かに、葵さんの件でばたばたしていて連絡が来てもスルーしてたな。

「そっか。そりゃ手間を掛けさせて申し訳なかったな」

「気にしないで。私も晃がちゃんと生活できてるか気になってたから」

「俺だってもう高校生。それなりに上手《うま》くやるさ」

日和はまるで世話を焼く姉のような口調で口にする。

俺と歳《とし》が一つしか離れていないが、日和は兄の自分から見ても妙に大人びている。

感情を表に出すことは稀《まれ》で、いつも落ち着いていて、見方によってはドライな性格と思われがちだが、こうして離れて暮らす兄を心配して様子を見に来てくれるくらいには情に厚い。

ドライな性格と妙に高い精神年齢のせいか友達は少ないが、日和のことを理解してくれる友達からは過剰に好かれるタイプで、狭く深く人と付き合うタイプの女の子。

俺たちは年が近いこともあり、双子みたいに対等な付き合いをしていた。

「日和こそ新しい生活はどうだ？　学校にはもう慣れたか？」

「うん。そこそこ楽しくしてるよ」

日和は友達ができにくいタイプだから心配していたが、楽しくやってるならなによりだ。

「でも、元気そうで安心した。部屋も綺麗《きれい》にしてるし、男の子の一人暮らしなんてもっと荒れ放題かと思ったけど……まぁ、彼女ができれば部屋くらい綺麗にするよね」

「……は？」

突然の指摘に思わず背筋が凍る。

「な、なに言ってんだよ。彼女なんて――⁉」

否定しようと声を上げた時だった。

日和が掲げるその手には、長い黒髪が一本。

「私とお母さんの髪の毛にしては長すぎるし、こんなに黒くないし。この部屋に他の女の人が来たって証拠だよね」

「それは……」

「玄関を開けるのが遅かったし、妙に慌てた様子なのがバレバレ。彼女が遊びに来ているのを誤魔化そうとしてその辺にかくまってるんだろうけど、抜け毛を掃除する時間はないよね」

髪の毛は盲点だった。

いや、気づいていたとしてもどうしようもない。

ていうか、そんなところにすぐ気づくとか鋭すぎるだろ。

「別に取って食おうってわけじゃないから紹介してよ」

どうする……？

このまま誤魔化しきれるとは到底思えない。

こんな時間に帰ってきたということは、間違いなく今夜は泊まりだろう。

葵さんに朝までクローゼットの中に隠れ続けてもらうわけにもいかないし、仮に誤魔化し切れたとしても、日和に怪しまれたままでは両親にバレるのも時間の問題だ。

だとしたら、隠し続ける方がデメリットが大きい。

「ちょっと待っててくれ」

俺は自分の部屋に戻りクローゼットを開ける。

「葵さん――?」

すると葵さんは驚いた様子を浮かべた。

いや、驚いたというよりも、見てはいけないものを見てしまったような、気まずそうな顔を俺に向けてくる。

「どうかした?」

不思議に思い尋ねた瞬間、すぐに理解した。

葵さんの左手には、この前の勉強合宿の時に泉から渡された茶色い紙袋。当然、紙袋の口は空いていて、中に入っていたものを手にしている右手はぷるぷると震えている。

「ち、違うんだ! それは俺が買ったわけでも使う予定があったわけでもなくて、泉が今の俺には必要だろって、変な気を使って置いてったんだ! 決して葵さんが想像してるような用途があったわけじゃなくて――!」

「ん……」

葵さんは茹《ゆ》で上がったタコみたいに顔を赤くして黙り込む。

相変わらず余計なことを言わなければいいのに、こういう時に限って細かく言い訳してしまう自分が嫌になる。これでは、泉が葵さんと使えと言っていたことを自ら証明するようなもの。

誰だよ口は災いの元とか言ったやつ。大正解だろ。

「なに騒いでるの？」

その時だった。

俺の大声を聞きつけた日和が部屋にやってくる。

すると日和は無表情で汚い物でも見るような眼を向けてきた。

「……妹が来てる最中におっぱじめるつもり？」

当然、葵さんが手にしているゴム製品を見ているわけで。

「違うんだ！　そうじゃないんだ！　二人とも信じてくれ！」

それでも俺はやってない！

なんだかこんな台詞《せりふ》、昔の映画で聞いたことがあるぞ。確かあの映画、結局最後は有罪で終わるんだよな……だめじゃん！　無罪勝ち取れてないじゃないか！

「まとめて話は聞くから、とりあえずリビングに行こ」

「う、うん……」

淡々と口にする日和の後に続き、俺と葵さんは部屋を後にする。

リビングで日和と向かい合って腰を下ろすと、俺は軽く咳《せき》ばらいをした。

「改めて、この人は俺のクラスメイトの五月女《そうとめ》葵さん」

「初めまして……五月女葵です」

葵さんは困惑した様子で頭を下げる。

いきなり家族と会わされたんだから、それも仕方ない。

「で、こいつは俺の妹の日和」

「はじめまして。妹の明護日和です。いつも兄がお世話になってます」

日和は無表情ながら丁寧に頭を下げて挨拶《あいさつ》をする。

「こちらこそ、お世話になってるのは私の方です。本当に……」

葵さんが丁寧に挨拶をすると、日和はわずかに目を細める。

おそらく日和の目には、家族を紹介された緊張よりも、必要以上に困惑する姿が不自然に映ったんだろう。それも仕方がないくらい、葵さんは戸惑いの色を浮かべていた。

俺はもう隠すつもりはなかった。

「実は俺たち、ここで一緒に暮らしてるんだ」

「……は？」

普段感情を表に出さない日和もさすがに驚いたらしい。

わずかに眉間《みけん》にしわを寄せ、いぶかしがるような表情を見せた。

「順を追って説明するから、落ち着いて聞いてくれ」

それから俺は、順を追って葵さんのことを話し始めた。

とある雨の日に、近くの公園で葵さんと出会ったこと。

葵さんの母親が男と一緒に姿を消し、家賃も未払いだったせいでアパートを引き払うしかなく帰る場所がなくなってしまったこと。行く当てがなく俺の家で一緒に住み始めたこと。

俺が転校する前に、葵さんの抱える問題を解決してやりたいと思っていることや、このことは瑛士と泉にも話していて協力してもらっていることも。

「そうなんだ」

説明を終えた頃には、日和は冷静さを取り戻していた。

「家族に黙って家に住まわせてることについては申し訳ないと思ってる。でも――」

「別にいいんじゃない？」

俺が言い訳をする前に、日和はそう口にした。

「い、いいのか……？」

意外すぎる返答に思わず聞き返してしまった。

「晃がしたことは間違いじゃないよ」

「いや、でも……」

「困ってる人には手を差し伸べるべき。みんな頭ではそう思っていても、実際には何もしない人がほとんど。困ってる人がいても声を掛けないし、悩んでる人がいても放っておくし、悪いことを見かけても見て見ぬふりをする。手を差し伸べれば偽善者とか言われるからね」

確かに日和の言う通りだろう。

十五年ちょっと生きていれば、そんな場面の一つや二つ出くわしたことくらいある。むしろそんな場面に出くわしたことのない奴の方が少ないだろう。

「理由や事情はともかく、晃は手を差し伸べた。どうせやるなら胸を張りなよ」

「日和、ありがとうな」

相変わらず表情から感情は見て取れないが、理解してくれたことが嬉《うれ》しかった。

それにしても、こんなにあっさり受け入れてくれるとは思わなかったな。

「もっと驚くと思ったけどな」

「驚きはしたけど、晃なら不思議じゃないよ。小さい頃から晃がどんな男の子か知ってるし、実際に手を差し伸べるのを見たのも初めてじゃないし。晃らしいと思うよ」

俺らしいか……。

おそらく日和は、瑛士と同じく幼稚園の時のことを言っているんだろう。

あの幼稚園には日和も一緒に通っていたから、俺が例の女の子と一緒にいた場面は目にしていたはず。

俺より一つ年下とはいえ、日和は俺と違って記憶の混乱や混同はないらしいからな。

本当、瑛士といい日和といい、本人が忘れていることをよく覚えているよ。

「でも、お父さんとお母さんが知ったらどう思うだろうね」

「だよな……」

絶対に受け入れてもらえない確信がある。

そりゃそうだ。未成年の男女が一つ屋根の下で暮らしているなんて、うちの両親じゃなくても良識のある親ならよしとするはずがない。両親に限らず他の大人にもバレたらまずい。

知られるわけにはいかないからこそ、俺は日和に全部話したんだ。

「日和、父さんと母さんには黙っていてもらえないか？」

言葉に精いっぱいの誠実さを込めて頭を下げる。

ここで日和を説得できなければ、この生活は続けられないと思った。

「バレないように協力して欲しいとはいわない。でも、せめて黙っていて欲しいんだ」

「私が黙っていたところでバレない保証なんてないよ。今日の私みたいに突然お母さんやお父さんが来るかもしれない。その辺りまでしっかり考えて言ってる？」

「それは……」

「そこは素直に協力してくれでいいんじゃない？」

返答に困っていると、思いがけず日和がそう口にした。

「協力してくれるのか？」

「晃の考えてることなんてお見通しだよ。そのつもりで素直に全部話したんでしょ？　私は晃のしたことは間違いじゃないと思うし、信用して話してくれた相手に協力しないわけにはいかないもの。二人に協力する理由なんて、それだけで充分よ」

「日和、ありがとうな」

日和の言葉に、ただただ胸を打たれてしまった。

心を許している相手に無条件でかける情の深さが日和らしい。

「とりあえず両親にはなにも問題なかったって伝えておく。今後も晃の生活を気にするような時は、私が様子を見てくるってことにすれば時間は稼げると思うよ」

「そうだな。そうしてくれると助かる」

「もちろん、協力はするけど保証はできない。だから高校二年になるまでなんて悠長なことを言ってないで、少しでも早く葵さんの環境が整うように頑張ってね」

「ああ。ありがとう」

確かに日和の言う通り悠長なことは言っていられない。

それでも、日和が協力してくれることになっただけで心強かった。

「それで、二人はいつから付き合ってるの？」

「「え？」」

思わず葵さんと声が重なる。

最初に恋人じゃなくてクラスメイトって紹介したんだが……確かに否定はしていない。

「いや……言いそびれてたが、俺たち付き合ってるわけじゃないんだ」

「はぁ?」

すると今までのポーカーフェイスが嘘みたいに呆《あき》れた顔をされた。

呆れた顔というか『なに言ってんの信じらんない』と書いてありそうな不服顔。

日和のこんな顔初めて見たぞ。

「なんで付き合ってないの?」

「いや、なんでって言われてもだな……」

「一緒に住み始めた時は付き合ってなくても、一緒に住んでたらそういう関係になるでしょ?

それともなに?　晃は彼女でもない女の子にそういうことをしてるわけ?　見損なった。無責任にもほどがあるでしょ」

「いやだから、そもそもそういう関係になってないんだが……」

「じゃあさっきのアレはなに?」

「泉が冷やかし半分で置いてったんだよ。未開封だから、なんなら確認してくれてもいい」

中学三年生がそういうことを言うのもどうかと思うが、ご期待に沿えない旨を伝えると日和はもう驚きを隠そうともせず『嘘でしょ……』と言わんばかりに絶句する。

「晃、それでも男なの?」

「男だよ」

「高校生の男女が一緒に住んでいて健全なんてありえない」

「ほっといてくれ！」

泉みたいなことを言わないで欲しい。

むしろ手を出していない俺を褒めて欲しいくらいだ。

煩悩に負けずによく頑張ってるよな俺……。

「葵さんはいいんですか？」

「え……」

唐突に振られて葵さんは困った様子で頬を染める。

「私は……晃君に助けられた立場だから、そんな彼女だなんて……」

「立場なんて関係ないです。晃のことをどう思ってるんです？」

「大切な人だと思ってます……」

日和の圧力に負けて敬語になってしまう葵さん。

なんで俺たち説教されたみたいになってるの？

俺はともかく葵さんは許してやって欲しい。

「大切な人って具体的には？　ラブですか？　ライクですか？」

「それは、えっと……」

日和に迫られて後ずさる葵さん。

「日和、今日のところはその辺にしておいてやってくれ。葵さん、人見知りなんだよ」

珍しく感情的になる日和を落ち着かせる。

すると日和は仕方がなさそうに嘆息してみせた。

「とりあえず夕食にしようぜ。今から作るからさ」

「その辺りは夕食の後、ゆっくり聞かせてもらうから」

この場は収めても、日和の追及は免れないらしい。

十四年日和の兄をやっているが、わからないことってあるもんだな。

なんだか日和の新しい一面を垣間見《かいまみ》た気がした。


その後、夕食と風呂を済ませた俺たちは、リビングで夜中まで話し合っていた。

日和から俺たちの関係についてあれこれ聞かれると覚悟していたが、本当に俺たちが付き合っていないと知ると『つまらない……』と一言こぼし、それ以上は追及してこなかった。

つまらないってどういうこと？

まさか兄の恋バナであそこまで感情的になるとは思わなかったが、まぁ日和も大人びているとはいえ年頃《としごろ》の中学生、恋に興味があるお年頃ってところだろう。

昔からそうだが、マジで日和の地雷《スイッチ》がどこにあるかわからない。

そんな感じで俺と葵さんの関係の説明と、両親に対してどうやって隠していくかを話し合いながら夜は更けていき、日をまたいだ頃にお開きとなった。

なにはともあれ、日和の協力を得られたのは大きい。

お礼に今度、日和の好きなよもぎ饅頭《まんじゅう》でも買ってやろう。

第六話　もしも願いが叶うとしたら

そして翌々日の日曜日――。

「え！　日和《ひより》ちゃん来てたの⁉」

温泉施設に向かう電車の中、泉《いずみ》の不満そうな声が響いた。

「ああ。一昨日《おととい》来て昨日《きのう》帰ったんだ」

「なんで教えてくれなかったの！」

四人掛けのボックス席、俺《おれ》の斜め向かいの泉が頬《ほお》を膨らませる。

ちなみに葵《あおい》さんは俺の隣の窓側に座り、瑛士《えいじ》は俺の正面に座っている。

「夜に来て、次の日の昼前には帰ったから会う時間なんてなかったんだよ」

「それでも連絡してくれれば見送りくらいは行ったのに！」

「たぶんゆっくりできないから気を使ったんじゃないか？」

「日和ちゃん水くさいよ～……」

しょんぼりと肩を落とす泉。

「日和も泉に会いたいって言ってたんだけどな」

おまえが朝弱いから日和が気を使ったんだとは言わないでおいた。

普段は瑛士が毎朝起こしに行ってるおかげで学校に遅刻することはないが、休みの日は昼過ぎまで起きないらしい。瑛士曰《いわ》く、デートに一時間の遅刻は可愛《かわい》い方らしい。

今日も瑛士が迎えに行かなければ確実に電車に乗りそびれていただろうな。

「日和には二人に転校の件を伝えたって言っておいたから、そのうち連絡がくると思う。改めてだが、日和が泉に言えなかったのは俺のせいだから許してやってくれ」

「そんなのもう気にしてないよ」

そんなことより会いたかった！

ふくれっ面にそう書いてある。

「日和ちゃんが来たってことは、葵さんのことは話したのかい？」

瑛士はしょぼくれている泉をなだめながら尋ねてくる。

「ああ。隠そうとしたけど即バレて、話さざるを得なかっただけなんだけどな」

軽くぼやきながら床に落ちていた髪の毛でバレたことを話すと。

「日和ちゃんは晃と違って鋭いからね～」

「俺が鈍いみたいに言わないでくれ」

「安心して。男子は基本的にみんな鈍いから、晃もそのうちの一人ってことよ」

「……その返答のなにを安心しろと？」

他の男はともかく、俺ってそんなに鈍いか？

鈍いのは記憶だけだと思っていたが、自分のことはわからないもんだしな。

「それで、日和ちゃんはなんて言ってたんだい？」

「理解してくれたよ。親にバレないように協力してくれるってさ」

「日和ちゃんなら大丈夫だよ。むしろ隠してたことを怒られたんじゃない？」

「いや、隠してたことは怒らなかったんだが……」

「じゃあ何を怒られたの？」

「俺と葵さんが付き合ってると思ったらしくてな。付き合ってないって言ったら怒られた」

「あー……まぁ、日和ちゃんはそういうとこ厳しいからね」

マジで厳しかった……こんこんと詰められた。

その詰め方が怒ってる時の父さんみたいで余計にきつかった。

「まぁ結果が後からでもついてくれば許してくれるんじゃない？」

「結果ねぇ……」

つまり泉や日和が言いたいのは、一緒に住むなら責任を取って付き合えってことなんだろう。

言わんとすることはわかるし、若い男女がうんぬんて話も理解できる。俺だって他人事《ひとごと》だったらそんな関係ありえないだろって言ってるだろうな。

でも、ご期待に沿えずに申し訳ないが、俺たちの関係はそうじゃない。

もう少し正確に言うのであれば、お互いにそんな余裕がないと言った方が近い。

なぜなら、俺たちには明確なタイムリミットがあるからだ。

もちろんそういう気持ちがゼロかと聞かれたら……どうなんだろうな。

自分の胸に手を当ててみるが、いまいちはっきりしない。

はっきりするとすれば、全部解決した後だろうなんて、漠然と思ったりした。


こうして電車に揺られること一時間かけて最寄り駅に到着。

そこから歩いて二十分ほどで目的地の温泉施設に到着した、のだが……。

「ここだよな?」

「たぶん……」

泉が自信なさそうに言うのも仕方がない。

目の前には高い杉林が広がっていて、その下にお寺の入り口にあるような門があるだけで、ぱっと見た感じここに温泉施設があるとは思えない。

ぶっちゃけただの森じゃないか。

「とりあえず行ってみようか」

「そうだな」

瑛士を先頭にみんなで門をくぐる。

杉林の中、石畳が敷かれている道を進んでいくと、少し先に木造の建物が見えてきた。

一見すると古民家のような建物だが、中に足を踏み入れて驚いた。

「おお……すごいなこれ」

「おしゃれだね～♪」

ぶち抜いた高い天井《てんじょう》から吊《つ》るされている華やかな照明に、床は黒い石が敷かれている明と暗のコントラスト。壁は一面がガラス窓になっていて、実際の面積以上に広さを感じる。

おそらく古民家を内装だけお洒落《しゃれ》にリフォームしたんだろう。

ガラス窓の向こうには、広いウッドデッキが広がっていて見晴らしが最高すぎる。

受付で予約をしていることを伝えると、さっそく店員さんが案内してくれた。

木漏れ日《こもれび》の差し込むウッドデッキを歩いていくと、すぐに俺たちが利用する小屋に到着。

ドアを開けて中に入った瞬間、爽《さわ》やかな草の香りが鼻をくすぐった。

部屋は八畳ほどの畳部屋で、年季の入った木製のテーブルと椅子が備え付けられている。正面にある窓の向こうにはテラスが広がっていて、木製の湯船が二つ並んでいた。

注《そそ》ぎ口から温泉の流れ落ちる風情《ふぜい》のある音が部屋の中まで響き渡っている。

「すごーい！　雰囲気あるね！」

泉は歓喜の声を上げてぱたぱたと部屋に上がる。

葵さんを連れて窓際に立ち、温泉を眺めながら騒ぎだした。

確かに泉の言う通り、雰囲気のあるいい個室露天風呂だと思う。

立地はもちろん小屋の外観から内装にかけて、徹底的に木材に拘《こだわ》ったと思われる造りが森の中にたたずむ秘境っぽさを演出している。まさに知る人ぞ知る隠《かく》れ家《が》感がすごい。

高校生の俺たちにはちょっと贅沢《ぜいたく》すぎるような気がした。

「よし。さっそく温泉に入ろう！」

「うん」

「じゃあわたしたち、洗面所で着替えてくるから二人は部屋で準備してね！」

洗面所へ消えていく二人を後目《しりめ》に、俺は瑛士と服を脱ぎ始めながら考える。

今更だが、本当にいいのか？

他のお客さんに見られる心配はないとはいえ、思春期の男女が混浴なんて。

タオルを身に着けているから裸じゃないとはいえ、ポロリの危険だってゼロじゃない。

俺や瑛士はこの際、ポロリの一つや二つは気にしないにしても、泉と葵さんは……想像しちゃだめだと思い、必死に煩悩を振り払おうと頭を振るが振り払えるはずもない。

仕方がない。二人がポロリしたら俺もポロリの等価交換で手を打ってもらおう。

「晃、どうかした？」

「ああ、いや……」

瑛士は腰にタオルを巻いて準備万端。

なんでこいつはこんなに冷静なんだ……。

「先に入ってようか」

「そうだな」

テラスに出て掛け湯をしてから湯船に浸かる。

瑛士は俺とは別の湯船に身を沈めた。

「あふぅ……」

全身を包む温泉の温かさに思わず変な声が漏《も》れた。

最初はわずかに熱さを感じたものの、慣れてくるとちょうどいい温度。

わずかにとろみのある泉質のせいか、身体に温かさがまとわりつくような感覚がくせになりそう。普段入っている家の風呂《ふろ》とは比べものにならないほどにリラックスできる。

温泉の効果でさっきまでの興奮が落ち着きを取り戻した時だった。

「お待たせ！」

背後から聞こえた泉の声が頭を超えて森の中にこだまする。

瞬間、収まりかけていた煩悩がこんにちは。一瞬でボルテージがマックスに。

顔には出さないように冷静を装って振り返った瞬間、目にした光景に絶望した。

「……なんだ、その格好？」

葵さんと泉は見慣れないロングのワンピースみたいな感じの服を身に着けて現れた。

「これは湯浴《ゆあ》み着っていって、温泉に入る時に着る服だよ」

「泉さんが私の分も買っておいてくれたの」

その言葉を聞いて思い出す。

泉から混浴だと聞いた時、葵さんが反対しなかった理由。

なにやら泉とこそこそ話をしているようだったが、あの時に湯浴み着を用意してあると聞いたから反対しなかったんだろう。

まさか瑛士が反対しなかったのは知っていたからか？

瑛士に視線を送ると、意味ありげな笑みを浮かべていた。

おまえだけは信じてたのに、この裏切り者ぉ！

「あれれ？　もしかして晃君、なにか別の格好を期待してた～？」

「してねぇよ！」

してたに決まってんだろ。思春期男子の気持ちを弄《もてあそ》びやがって！

湯浴み着だかなんだか知らないが、水着よりも露出が少ないし、これなら少し露出多めの夏服の方がまだ肌色面積が多いじゃないか。

俺のやり場のない純情な煩悩をどうしてくれる！

「じゃあ、お邪魔しまーす！」

泉は温泉で体を流すと瑛士の入っている湯船に飛び込む。

いや、ちょっと待て。この湯舟はどうみても二人用で、三人入れるほど広くない。

泉が瑛士と同じ湯舟に浸かったということは……。

「お、お邪魔します……」

「は、はい！　どうぞ！」

葵さんは恥ずかしそうにしながら俺の入っている湯船に入ってきた。

まさか瑛士……おまえ、こうなるとわかっていて俺とは別の湯舟に入ったのか？

改めて瑛士に視線を向けると、うんうんと頷《うなず》きながら仏のような顔をしていた。

裏切り者なんて言って悪かった……俺はおまえを信じていたよ！

「いいお湯だね……」

「あ、ああ。そうだな……」

あまりの近さに思わず心臓が跳ねる。

湯浴み着を着ているとはいえ肩は露出しているし、髪をアップにしているからうなじが見えるし、その上この距離でいったいどうやって意識するなと言うんだ！

「晃君の期待は裏切っちゃったけど、これで許してくれるよね？」

「は？　許すもなにも、初めからなんも期待なんかしてないが？」

許す！　もう全部許す！　これはこれでありだから許します！

顔では冷静を装いながら、心の中では泉グッジョブと叫ばずにはいられない。

おまえらのこと、一度でもバカップルとか思った俺が悪かった。

「あ〜テスト疲れが癒《い》やされるね〜♪」

泉はおっさんみたいにタオルを頭に載せながら口にする。

「テストが終わる度に来てもいいかもね」

「瑛士君いいこと言うね。そうしよう！」

「とは言っても、もうすぐ夏休み。次回は二学期の中間テスト後かな」

「夏休みか……」

瑛士が口にした言葉を繰り返す。

早いもので葵さんと暮らし始めてもう一ヶ月が経《た》った。

一学期も残すところ二週間しかないのか。

「晃、どうかしたかい？」

「いや……一学期も残り二週間しかないと思うと、ちょっとな」

「夏休みが楽しみじゃないのー？」

「そうじゃなくてさ、ようやく葵さんの状況が良くなってきたところで夏休みに入ると思うと……なんだかもったいないっていうか、もう少し時間があれば違うのになってさ」

「確かに長期休みに入る前に、ある程度形にしておきたいとは思うよね」

瑛士の言う通り。

せっかくクラスメイトとの距離が縮まって、教師たちへの印象を改善しようとやっきになっていて、まさにこれからって時に夏休みに入るのはもったいないと思ってしまう。

夏休みが終わった時、積み上げてきたものが残っている保証なんてない。

それだけじゃない。

葵さんの問題を解決するために過ごす日々は、つまり俺に残された日々が刻一刻と終わりに向かっているのを意味する。

その実感を覚えてしまうのも理由だろう。

まだ二学期と三学期が残っているのではなく、あと二学期と三学期しかない。

引っ越しまで八ヶ月あるとはいえ、長期休みを除けば実質五ヶ月だけ。

そんな焦燥感に駆られる。

「心配ないって。夏休み中だってクラスメイトには会えるよ。みんなと遊びに行く計画を立てればいいし、ボランティア活動は夏休み中もあるからね。その辺は任せておいて♪」

「ありがとうな」

泉には本当に世話になりっぱなし。むしろほぼ泉が仕切ってくれている。

そこまで考えてくれているとは思わず、自然と感謝の言葉が口から出た。

「お礼なんていいよ。わたしが好きでやってるんだから」

「いや、それでも言わせてくれよ。マジでありがとう」

「だからいいって言ってんでしょ。それ以上言ったらぶっ飛ばすよ」

心からお礼の言葉を言ったのに、なぜかむっとした顔をされた。

なんでだよ。

「晃が責任を感じているのは理解してるよ」

瑛士は口をへの字にしている泉をたしなめながら続ける。

「手を差し伸べたのは自分だから、自分がなんとかしてやらなくちゃいけない。僕たちに負担を掛けすぎたくないって気持ちも理解してる。でもね、僕も泉も晃と同じ気持ちなんだ」

「瑛士たちも同じ……？」

「僕らは思うことがあって協力してる。でもそれは頼まれたからでも、クラスメイトのよしみだからでもない。単純に僕らが力になりたいと思ってるからさ。きっかけは晃にお願いされたからだけど、もう葵さんは僕らにとっても大切な友達なんだ」

「瑛士……」

「それをわかってくれれば、お礼なんて言わなくていいさ」

「そうそう。そういうことよ」

泉はうんうんと唸《うな》りながら首をぶんぶん縦に振る。

瑛士の言葉を聞いて、ふと瑛士が以前言っていた言葉を思い出した。

——人と人は基本的にわかり合えない。

どれだけ仲が良くても、どれだけ長い時間一緒にいても、無条件で相手の気持ちを理解することはできない。だからこそ大切な人との関係を守るために、話し合うことが大切なんだと。

確かにそうだ。

二人がそこまで葵さんを大切に思ってくれていたなんて思わなかった。

二人に対して過剰な感謝とか負担を掛けているとか、迷惑を掛けているとか。そんなことを思うのは、二人の気持ちに対して失礼なことなのかもしれない。

だからもう一度だけ、口にはせずに心の中で『ありがとう』と呟《つぶや》いた。

「葵さんはさ、夏休み中にどこか行きたいところとかある？」

「え、私？　そうだな……」

葵さんは真剣な表情で考える。

しばらく悩ましそうに考えた後。

「私はみんなと一緒ならどこでもいいかな」

少し照れた様子で、はにかみながら口にした。

「晃君、ちょっと場所変わって」

「え？」

泉は瑛士と入っていた湯船から出ると、つかつかと俺たちの方に近寄ってくる。

俺の腕を取って無理やり湯船から引きずり出すと、代わりに浸かるなり、思いっきり葵さんを抱きしめた。

「葵さん、なんていい子なの！　一緒にいろんなところに行こうね！」

「う、うん。ありがとう」

「あ～葵さん、あっちもこっちも柔らかくて気持ちいい……」

泉にグイグイ迫られて少し戸惑った様子の葵さん。

そんな二人の姿を、俺は瑛士と一緒に湯船に浸かりながら眺めていた。

せっかく葵さんと一緒に温泉に入っていたのに……とは言わないでおこう。

こうして俺たちは、時間の限り温泉を満喫する。

のぼせそうになったら温泉から上がって休んだり、入っている湯船を交換してみたり。

大自然の中で温泉に浸かる贅沢を覚えた俺たちは、また来ることを誓って施設を後にした。

のんびりできたし、瑛士や泉の気持ちも知ることができたし、来てよかったと思う。

これなら充実した夏休みを過ごすことができそうだ。

なんて思っていたんだが……。

この時の俺は、肝心な葵さんの想《おも》いを見落としていることに気づいていなかった。

利用時間を過ぎた俺たちは、ロビーでアイスを片手にまったりしていた。

「マジでいい温泉だったな」

「そうだね」

葵さんと並んで座り、火照った体をアイスでクールダウン。

温泉上がりといえば牛乳だが、アイスってのも悪くない。

「泉、この後の予定は？」

「神頼みに行こうと思う」

「は？　神頼み？」

こいつはいきなり何を言ってるんだと突っ込みそうになりつつ、泉が唐突に変なことを言い出すのはいつものこと。

これが初めてじゃないと思い返して踏みとどまる。

「転勤族の晃君は知らないと思うけど、この辺って有名な観光地でね、近くに世界文化遺産に登録された神社があるの。県内では鉄板の観光地で、日本人だけじゃなくて外国の人にも人気のあるパワースポットなんだ」

「へぇ……聞いたことくらいはあるかも」

「ずっと行きたいと思ってたんだけど、みんなで行きたいと思って」

「いいよ。せっかくだし行ってみるか」

半分は泉の趣味みたいなものだろうけど、それだけ有名な場所なら行っておいて損はない。

困った時の神頼みじゃないが、これからのことを神様にお願いするのも悪くないだろう。

俺たちはアイスを食べ終わると、駅に戻り電車に乗って目的地へ向かった。

＊

「……なんだ、この広さは」

神社に着いた俺は、目にした光景に思わずそう漏らした。

表参道を通り大きな石造りの鳥居をくぐると、そこには広大な敷地が広がっていた。

案内看板に目を通すと、どうやらここには目的の神社だけではなく、敷地内に複数の建造物が建ち並んでいるらしい。全部見て回るのに平均二時間かかるとか広すぎるだろ。

辺りは陽《ひ》の光を遮《さえぎ》るように背の高い杉で覆《おお》われていて、初夏にも拘《かか》わらずかなり涼しい。

パワースポットというだけあって、いかにも神秘的な雰囲気に包まれていた。

「なんか、言葉にならない凄《すご》さがあるな……」

「うん。こんな場所が近くにあったんだね」

葵さんは俺の言葉に応《こた》えながら息を呑《の》む。

「さぁ、驚いてないで行くよ」

「ああ」

先頭を歩く泉に続いて足を進める。

それにしても……人気の観光スポットだけあって本当に人が多い。

日曜日だからってのもあるんだろうけど、日本人よりも外国の人が多いのも驚きだ。

緩《ゆる》やかな坂道を進んでいると、左手に五重塔が見えてくる。そこを通り過ぎてさらに進んでいくと、正面に本殿と思われる建物が見えてきた。

受付で入場料を払って中に入り、少し歩くと本殿にたどり着いた俺たち。

「ここでお参りするのか？」

「ここでもいいんだけど、わたしが行きたいのはこの奥なんだ」

「奥？」

本殿を東に通り抜けると、そこは石階段が遥《はる》か先まで続いていた。

「ここを登るのか……」

「二百段あるから頑張っていこう」

「二百……」

軽快に階段を登る瑛士と泉の後に続く。

するとしして、葵さんのペースが落ちていることに気が付いた。

「葵さん、大丈夫？」

「うん。大丈夫……」

浮かべる笑顔が明らかにしんどいと言っている。

無理もない。この階段、結構な急勾配だからな。

「無理して二人に合わせる必要はないから、一緒にゆっくり登ろう」

「うん。ありがとう」

手を差し伸べると、葵さんは遠慮しながらも俺の手を取った。

瞬間、自分がなんの気なしにとんでもないことをしているのに気が付いた。

なにナチュラルに手を握ってんだよ俺は！

違う。やましい気持ちなんてなかったんだ。階段を辛そうに登る葵さんが少しでも楽になればと思って手を取っただけなんだが、その手の柔らかさに一瞬で冷静さを失う。

女の子の手を握るのなんていつ以来だと思い返す。

そうだ、小学校の頃《ころ》に授業でフォークダンスを踊って以来。なぜか俺を嫌っていた女子とペアを組むことになり、嫌そうな顔をされながら指先だけ繋《つな》いで踊り切った嫌な思い出が蘇《よみがえ》る。

なんでこんな記憶ばかり鮮明に覚えてるんだよちくしょう。

「どうかした？」

葵さんは少し首を傾げながら口にする。

「あ、いや……手を繋ぐの嫌じゃないかなって思って」

「え……？」

葵さんも思い出したかのように状況を理解して頬を染める。

「ううん。嫌じゃないよ」

「そ、そっか……」

俺の手を握る葵さんの手に、わずかに力が籠《こ》められる。

「晃君の手、あったかいね」

「そ、そうか？　階段登ってるから体温が上がってるのかもな」

緊張で上がったせいだなんて言えない。

でも、おかげで女の子と手を繋いだ嫌な記憶も塗り替えられそうだ。

なんて思いながら階段を登り、着いた頃には疲れではなく緊張でへとへとになっていた。息を整えて辺りを見渡すと、少し離れた場所で瑛士と泉が手招きしている。

「悪い。待たせたな」

「ううん。それより二人とも、手を繋いできたの？」

「いや、これはあれだ。葵さんが辛そうだったから手を引いてあげたんだよ」

「そうなの。別に深い意味があるわけじゃなくて」

慌ててお互いに手を放して言い訳を口走る。

「別にいいじゃん。そんなことよりこっち」

そんなことって……俺にとっては一大イベントだったのに。

泉についていくと、そこには一本の古い杉の木が立っていたんだが。

「なんだこれ……？」

その杉の木は地上から十メートルくらいのところでバッサリと切り落とされていて枝の一つもなく、幹の中は半分くらい空洞になっていた。

一見枯れているようにも見えるが、よく見ると幹の一部からは新しい小さな枝が生えて緑の葉を付けている。この状態で枯れていないなんて、植物の生命力の強さに驚かされる。

しめ縄が巻かれているのを見る限り御神木だろうか？

その周りを囲むように多くの人がいて、みんな同じように手を合わせていた。

「この木は樹齢六百年以上の杉の木で『叶杉《かなうすぎ》』って呼ばれてるの」

「叶杉？」

「この杉の木にお祈りをすると願い事が叶うって言われてるんだって」

泉はそう口にすると、普段見せない真剣な表情で杉の木を見つめる。

その横顔があまりにも儚《はかな》そうで、普段の陽気な泉からは想像もできない。

「ずっと来たいと思ってたんだけど、なかなか来る機会がなくてね……」

「なんでだ？」

「神様にお願いしたいことがなかったの。別に些細《ささい》なことでもお願いすればいいって思うかもしれないけど、こういうのって何度も叶えてもらえるものじゃない気がして。だからここに来るのは一度だけ。絶対に叶えたいお願いがある時にしようと思ってたんだ」

なるほどな。

神社が好きな泉らしい。

「それで？　何をお願いするんだ？」

軽い気持ちでそう尋ねると。

「葵さんの未来が、どうか明るいものでありますようにって」

「え……」

驚きの声を上げたのは俺ではなく葵さんだった。

「泉さん……」

「別にお願いは自分のことじゃなくちゃダメって決まりがあるわけでもないでしょ？　あんまり具体的なお願いじゃないから、叶える方も困っちゃうかもしれないけど、細かな注文をしない代わりに葵さんが毎日楽しく過ごせるようにしてくれれば何でもいいや」

泉は杉の木に話しかけるように口にすると、瞳《ひとみ》を閉じて手を合わせる。

「僕は信心深い方じゃないんだけど、一度だけ願いが叶うなら泉と同じ気持ちだな」

瑛士もそう言って泉の隣で手を合わせた。

「二人とも……」

胸に込み上げてくる感情を抑えることなんてできるはずないだろ。

泉はたった一度と心に決めていた願う機会を、葵さんのために使ってくれた。

複雑な感情に瞳が濡《ぬ》れるのを堪《こら》えられず、溢《あふ》れ出る前に瞳を閉じて手を合わせる。


——どうか、俺たちの願いが叶いますように。


どれくらいそうしていただろう。

しばらくすると、隣で小さく鼻をすする音に気づいて目を開ける。

葵さんは俺の隣で一粒の涙を零《こぼ》しながら手を合わせていた。

＊

その後、俺たちは売店で叶杉をモチーフにしたお守りを購入した。

デフォルメされた杉の木に鈴が付いているキーホルダーのようなお守り。

葵さんの問題が全《すべ》て解決するまで、みんなお揃《そろ》いにして鞄《かばん》につけておこうと。

その後、敷地内を一通り観光してからその場を後にした俺たち。

途中、見かけたお土産屋で買い物をしてから電車に乗り込むと、三人は遊び疲れたのかすぐに眠り込み、俺は一人、窓の外に流れる景色を眺めながら思わずにはいられない。

ずっとこんな日々が続けばいいのにと――。


でもそれは、どうしたって叶わない願いだ。

葵さんの問題が解決しても、俺にはみんなと離れ離れになる未来が待っている。

それを思うと、どうしてか胸の奥にはっきりとした痛みを覚えた。

いつからだろうか――？

転校なんて慣れっこで、その度に希薄になっていく人間関係に諦めのような気持ちを持ってたのに、こんなにも転校をしたくないと思うようになったのは。

瑛士と再会して、泉と仲良くなって、転校を惜しいと思うようにはなっていた。

それでも、ここまで明確に嫌だという気持ちは持っていなかった。

俺の肩に頭を預け穏やかな寝顔を浮かべる葵さんを見て思う。

そうだ。

俺は葵さんと同居を始めてから、こんなにも惜しいと思うようになったんだ。

葵さんを放っておけないという正義感からか、それとも別の感情からなのかわからない。それでも俺は、葵さんともっと一緒にいたいと思っているんだ。

そう自覚すると、胸の痛みが次第に悲しさや寂《さび》しさへと変わっていく。
「ふぅ……」
感情を押し込めるように溜《た》め息《いき》を一つ吐《つ》く。
改めて窓の外に視線を向けると、先ほど見ていた夕日が別物に見えた。
いつか今みたいな綺麗《きれい》な夕日を見る度に、俺は今日のことを思い出すんだろうな。
そう思うと、俺たちを照らしている茜色《あかねいろ》の空が寂しそうに見えて仕方がなかった。

第七話　誰かを支えるということ

それから数日が過ぎ、一学期も残すところ一週間——。

一ヶ月半にわたり地道に葵《あおい》さんへの誤解を解こうと活動してきた成果もあり、葵さんはクラスにだいぶ馴染《なじ》み、以前のように孤立することはなくなっていた。

葵さんの努力や泉《いずみ》の協力のおかげだが、高校一年の一学期という人間関係が完全に構築されてしまう前だったのも大きかったのかもしれない。

教師に対しての印象はテストの結果によるが、もうすぐ全教科返ってくる。

それ次第で当初の目標が概《おおむ》ね達成されると思うと、今からドキドキだった。

「晃《あきら》君、お待たせ」

「ああ。お疲れさま」

そんなテスト結果の発表を控えたある日、俺《おれ》は喫茶店《きっさてん》の外で待っていた。

学校帰り、泉に葵さんのバイト先に遊びに行こうと誘われた俺は、断る理由もなかったために付き合うことにし、結局また閉店時間までお邪魔してしまって今に至る。

一応言っておくと、また葵さんの制服姿を見たかったからではない。制服が俺好みのロングスカートだったからでもないし、ロングスカートの中にもぐり込みたいわけでも決してない。

建前《たてまえ》上はな。

「じゃあ帰るか」

「うん」

俺たちは並んで歩きだす。

「気が付けばもう終業式か」

「そうだね。なんか……あっという間だったな」

「本当にな」

一ヶ月半前、葵さんと出会う前はこんな生活を送ることになるなんて思わなかった。

なんだか最近のことのような、ずっと前のことのような不思議な感覚を覚える。

「夏休みもなんだかんだ予定がありそうだし、楽しく過ごせるといいな」

「そうだね……」

他愛《たあい》のない会話をしながら帰路に就く俺たち。

家の近くまでやってきた時だった。

「あれ？　家の電気がついてるな……」

消し忘れたか？

いや、そもそも朝は電気なんてつけてない。

だとすると、日和《ひより》が遊びにでも来たんだろう。

なんて思いながら家の中に入りリビングへと向かう。

「日和、来てるなら連絡くらいして——!?」

足を踏み入れた瞬間、目にした光景に息がとまった。

「晃、おかえり」

ソファーに座っていたのは日和ではなく俺の母親。

見慣れた笑顔を浮かべながら、こちらに向かって手を振っている。

「母さん……どうして？」

冷や汗が背中をつたう。

「晃が元気にやってるか心配になって来ちゃった」

心配になったって……日和が俺の様子を見に来てから十日かそこらだろ。

両親のことは日和が上手《うま》くやってくれるって話になっている。仮に母さんが帰ってくるのをとめられなかったとしても、それならそれで日和が一言連絡をくれるはずだ。

連絡がなかったということは、まさか日和が葵さんのことを話したのか？

「晃、どうしたの？」

「あ、いや……別に」

「そう？　だったら隣のお嬢さんを紹介してもらえると嬉《うれ》しいわ」

穏やかな笑みを浮かべる母さんの本心は見えない。

……いや、日和が俺を裏切るはずがない。

たとえ親が相手だとしても、日和は一度交わした約束を反故《ほご》にするような奴《やつ》じゃない。

だとしたら、これは日和も想定していないイレギュラー。少なくとも母さんが来た理由を聞くまでは、正直にこちらから全《すべ》てを話す必要なんてない。日和の時とは状況が違う。

……どうする？

母さんはどこまで知っている？

この状況をどう説明するのが正解だ？

葵さんと同居していることがバレたら未来はない。

葵さんのためにしてきたことが、何もかもが中途半端《ちゅうとはんぱ》のまま終わってしまい、葵さんがまた居場所を失くしてしまう。それだけは、絶対に避けなければいけない。

この際、同居さえバレなければなんでもいい。

だったら一か八か――。

「か、彼女なんだ！」

誤魔化《ごまか》せる可能性があるとすればこれしかない。

思春期真っ盛りの息子に彼女ができて、家族がいないのをいいことに彼女を家に連れ込んだという構図。リアルでそんな場面を親に見られたら死にたくなるが、他に選択肢がない。

同居がバレることに比べたら、こっちの方がずいぶんましだ。

頼む。なにを言われてもいいから信じてくれ。

「あらそうなの！　晃、よかったじゃない！」

「あ、ああ……ありがとう」

俺の危機感とは裏腹に、母さんはあっさり信じた。

年甲斐《としがい》もなく無邪気に喜ぶ笑顔がいつもの母さんらしい。

「晃もお年頃《としごろ》だもの、彼女くらいできても不思議じゃないわよね。でもそっか～晃に彼女ねぇ。

ほら、いつまでもそんなところに立ってないで、こっちに座って紹介して」

「あ、ああ……」

母さんはソファーをポンポン叩き、俺たちに座るように促す。

葵さんにアイコンタクトを送ると、状況を察してくれたようで小さく頷《うなず》いた。

それを確認して、俺と葵さんは母さんの正面に並んで腰を下ろす。

「お名前を聞かせてくれるかしら？」

「はい。五月女《そうとめ》葵といいます」

「葵さんね。いつか晃にも彼女ができる日が来るとは思っていたけど、こんな綺麗《きれい》なお嬢さんとお付き合いするなんて思ってもみなかったわ。なんだかとっても感慨深いわね」

母さんは心底嬉しそうに胸に両手を当てながら笑顔を浮かべる。

……こんなに喜ばれると胸が痛い。

でも今は、罪悪感よりも優先するものがあると自分に言い聞かせて話を合わせる。

「俺たち同じクラスでさ、それで仲良くなったんだ」

「そうなのね。いつからお付き合いしているの？」

「先月の頭くらいかな」

「あら、じゃあ一番楽しい時期ね」

「ああ」

母さんの質問ラッシュはとまらない。

俺と葵さんに交互に質問しては答える。

「それで、告白はどっちからしたの？」

「えっと……一応、俺からかな」

「なんて言って告白したの？」

「いやいや、そんなの言うわけないだろ」

「え〜いいじゃない。ちょっとくらい教えてよ」

「……断る。親と恋バナとか勘弁してよ」

「いじわるね。じゃあ葵さんに聞こうかしら」

は？　ちょっと待て——。

「葵さんは晃のどんなところが好きなの？」

「え？　えっと……」

葵さんは見るからに困った様子で視線を泳がせる。

葵さんは根が素直すぎるが故に、嘘《うそ》を吐《つ》くのが得意じゃない。

恋人を演じなくてはいけない状況だとわかっていても、咄嗟《とっさ》に口からでまかせを口にできるほど器用ではないはずだ。

それでも、なんでもいいから無難なことを言って乗り越えてくれと心の中で願う。

彼氏としての好きではなく、友達として好きなところでもいいから。

「全部、です……」

まさかの返答。

いや、むしろ具体的に挙げるよりも嘘っぽくないか。

とってつけたように好きなところを挙げるより、いっそ全部と言ってしまった方が怪しまれないだろう。俺の好きなところが一つもないから全部と言った可能性は考えないことにする。

ほら、好きになったら全部好きとか聞くしな。知らんけど。

「声を掛けてくれる時、いつも声のトーンが優しいところとか、目が合う時はいつも笑顔でいてくれるところとか、私の気持ちを聞いてくれるところとか。それと、並んで歩く時は必ず道路側を歩いてくれるし、いつも美味《おい》しいご飯を作ってくれるし……」

てっきり全部と言って質問をかわすと思いきや、葵さんはこと細かに挙げだす。

全部って、まさか本当に思ってることを全部言うつもりか？

「それだけじゃないんです。私は学校で孤立していて友達がいなかったんですけど、晃君のおかげで素敵な友達ができました。勉強ができない私のために、付きっ切りで教えてくれたり……晃君がいなかったら、私は今頃どうなっていたかわかりません」

そう語る言葉には、普段大人《おとな》しい葵さんらしくない熱がこもっていた。

「いつも晃君の優しさに救われてるんです。言葉では言い表せないくらい感謝しています。私はなにもできないし何も返せない。迷惑を掛けてばかりなのに……」

葵さんは俺の好きなところをたくさん話してくれた。

でも、その陰に隠れている本心が、最後の一言に集約されているような気がした。

「すみません。たくさんお話ししてしまって……」

「いいのよ。葵さんが晃を大切に思ってくれてることは伝わったわ」

母さんはそんな葵さんを穏やかな表情で見つめる。

「二人の話を聞いてると、私とお父さんが出会った頃のことを思い出すわ」

「父さんと出会った頃のこと？」

「お父さんも、出会った頃は人見知りで人付き合いが下手だったのよ」

「そうなの？」

意外過ぎて思わず聞き返すと、母さんは思い出を懐かしむように語り始めた。

「私が会社員だった頃、私と同じ部署に新入社員として配属されたのがお父さんだったの。お父さんは入社直後から無愛想で付き合いが悪くて、すぐに孤立しちゃってね。でも仕事は真面目《まじめ》にやるし一生懸命だし、能力も高かったから周りからねたまれるようになったの。お父さんが何を考えているかわからないって、教育担当者も頭を抱えてたわ」

話を聞いてもいまいちピンとこない。

なぜなら、父さんが人付き合いが苦手なんて印象は全くなかった。

真面目で厳しい一面はあるものの、日和以上に情に厚い人だと思う。

俺たちはもちろん、ご近所さんとの付き合いもあったし、よく会社の付き合いで出かけていたし。会社で部下がミスをしたら、休みだろうと仕事に行ってフォローするような人だ。

仮に苦手だとしたら、地方支店の支店長なんてなれないんじゃないか？

まるで別人の話を聞いているようにすら思えた。

「そんなお父さんを見ていたら放っておけなくて、私が教育担当を申し出たの。周りとの橋渡しになれたらと思って話をしてみたら、なんてことはない。付き合いが悪かったのは極度の人見知りだったからで、私が間に入って少しずつ周りと上手くやれるようになっていったの」

「そうだったんだ」

「相手を理解できれば接し方も変わる。もともと一生懸命だったから、誤解が解けたことで周りから信頼されるようになって、重要な仕事も任されるようになった。今でこそ、お父さんは当時の話になると私に『あの頃はありがとう』って言ってくれるけど、あの頃は何かをしてあげる度に『迷惑を掛けてごめん』って謝ってばかりいたのを思い出したわ」

話を聞いていてふと思う。

父さんが『ごめん』から『ありがとう』に変わった理由はなんだったんだろうか。

「ただのお節介な先輩と人見知りな後輩の思い出話。色々大変だったのは事実だけど、私はお父さんに迷惑を掛けられたなんて思ってない。きっと晃が葵さんにしていることも同じ」

「もちろんだよ」

俺がそう答えると、母さんは満足そうに頷いた。

「だからね、葵さん」

「はい」

「迷惑を掛けているなんて思うことはないのよ」

母さんは葵さんを諭すように優しい瞳《ひとみ》を向ける。

葵さんは決まりの悪そうな表情を浮かべたままだった。

「私は親だから子供としての晃しか知らない。晃が友達や恋人にどんな顔を見せるかは知らないわ。でも晃が葵さんにしてあげたことが事実なら、私はそんな晃を親として誇りに思う」

親から初めて向けられた誇りという言葉。

恥ずかしさ以上に胸の奥が熱くなる。

「それに、誰かの善意を素直に感謝できて、何も返せないと心を痛めることができるあなたも充分優しい人よ。葵さんが晃の彼女で心からよかったと思うわ」

「お母さん……」

「どうかこれからも晃の傍《そば》にいてあげてね」

「……ありがとうございます」

葵さんは目を伏せながらお礼を口にする。

その表情が曇っていることに、俺も母さんも気づいていた。


その後、俺たちは母さんの作っておいてくれた夕食を食べながら過ごした。

葵さんは最初こそ緊張していた様子だったが、次第に心を開いているように見えた。

母さんは泉ほどではないにしろコミュニケーション能力が高いから心配していなかったが、思っていた以上に気を使って接してくれているのが見ていてわかった。

そんな感じで食事を終え、母さんは食器を洗い終わると帰り支度を始めた。

「母さん、今から帰るの？」

「ええ。そのつもりで来たし、まだ終電もあるからね」

「そっか」

帰るのか聞いておいてなんだが、引きとめることはできない。

母さんが泊まるとしたら、葵さんを家に置いておくわけにはいかないのだから。

「晃、せっかくだから外までお見送りしてくれる？」

「ああ、もちろん」

「葵さん、またね」

「はい。ありがとうございました」

母さんは葵さんに笑顔で手を振ってリビングを後にする。

一緒に家を出るとすぐに、俺は玄関の前で母さんに話しかけた。

「このこと、父さんには黙っててくれないかな？」

「ええ。もちろん。さすがに女の子と同居してるなんて言えないもの」

「えっ……」

安心しきっていたところを不意打ちのような言葉を放たれて絶句する。

「隠さなくていいわ。怒っているわけじゃないの」

「……日和に聞いたのか？」

「やっぱり日和も知ってるのね。一応、日和の名誉のために言っておくと、あの子はなにも言ってないわ」

「じゃあ、どうしてわかったんだ？」

「日和が晃に会いに行ってから、少しだけ様子がおかしかったから気になってね。それで日和にもお父さんにも黙って会いにきたのよ。お父さんは全く気づいてないみたいだけど」

だから日和から連絡がなかったのか。

そりゃ日和もとめようがない。一瞬でも疑って申し訳なかった。

それにしても、感情を表に出さず常にポーカーフェイスの日和の違和感に気づくとは……さすがは母親ってところだろうか。親に隠し事ってできないもんだな。

「でも、どうして同居していることまでわかったんだ？」

「晃が帰ってくる前に部屋の掃除でもしておこうと思ったのよ。そうしたら日和の部屋に葵さんの私物があったし、お風呂《ふろ》場に女性物のシャンプーとか、他にもいろいろ同居をしている痕跡があったから。それで全部理解したの。なるほどねって」

なるほど……日和には髪の毛一本でバレたくらいだ。

「葵さん、今時珍しいくらいのいい子ね」

「ああ……本当にいい子だと思う」

「でも、とても危うい子だとも思うわ」

母さんは心配そうな表情を浮かべて続ける。

「葵さんがどんな事情を抱えてるのかは聞かない。でも、年頃の女の子がよその家に身を置かなくちゃいけない理由なんて、大人なら誰でも大体察するわ。きっと葵さんは、私たちが想像する以上に大変な生活を送ってきたんでしょうね」

「そう、だと思う……」

「感謝よりも迷惑を掛けているという気持ちの方が必要以上に強いのも、葵さんが生活してきた環境によるものなんでしょうね。でも晃、自分がなにをしているか、ちゃんとわかってる？」

不意に母さんの笑顔が消える。

「誰かを支えるということは、とても大変で責任が伴うことよ？」

母さんは家族の前ではいつも朗らかな笑顔を浮かべている人。

そんな母さんが初めて見せる真剣な表情を見て、覚悟を試されているような気がした。

この問いに対してだけは、自分の気持ちを誤魔化してはいけないと思った。

「わかってる」

責任が伴うなんてことはわかってる。

あの日、葵さんを家に連れ帰った時から。

「それでも俺は、できる限りのことをしてやりたいと思ってる」

精いっぱいの誠意を込めて言葉にする。

改めて自分の決心を自身に言い聞かせるように。

「そこまでの覚悟があるなら何も言わないわ。お父さんには黙っておくから、頑張ってね」

「ありがとう」

母さんは笑顔で頷くと、家を後にしようと歩き出す。

だが、数歩先で足をとめて振り返った。

「ところで葵さんとは付き合うつもりなの？」

「え……俺たちが付き合ってないのも気づいていたのか？」

母さんは一転して悪戯《いたずら》心の混じった笑みを浮かべた。

「そりゃ葵さんを見ていればわかるわよ。だてに四十年以上も女をやってないわ。葵さんの晃への想《おも》いは恋人への愛情よりも、どちらかといえば大切な人への想いだったもの。もちろん、それだけじゃないでしょうけど……」

女の勘か、それとも同性故に察するものがあったのか。

それはともかく、どこか含みを持たせる言い方が引っかかった。

「お付き合いするつもりはないの？」

「……そういうんじゃないから」

「そう。てっきり晃が手を差し伸べてあげた理由は、もっと男の子らしいものだと思ったんだけど、まぁしつこく聞くのもやめましょう。でも、自分の胸に手を当てて考えてみることね。少なくとも、気づかないふりをして後悔だけはしないようにね」

母さんはそう言うと、小さく笑顔を浮かべて家を後にした。

その後ろ姿が夜の闇《やみ》に消えていくまで見送り続ける。

すると不意に、ポケットの中でスマホが着信を告げる。

取り出して画面を見ると、そこには日和の名前が表示されていた。


「はいよ」

『もしかしたらお母さんがそっちに行ってるかも』

その声は、冷静な口調ながら少しだけ早口だった。

珍しく焦《あせ》りの色が見て取れる。

「ああ。たった今、帰っていったよ」

『そう。こんな時間になっても帰ってこないから、もしかしたらと思って。大丈夫だった?』

「ああ。葵さんと同居してることがバレたけど問題ない。詳しくは母さんから聞いてくれ」

『わかった。ごめん。力になれなくて』

「そんなことないさ。心配して掛けてきてくれて嬉しいよ」

『また電話する』

「ああ、ちょっと待ってくれ」

『なに?』

「泉から連絡あったか?」

『うん。あった。私からも転校のことは話したから』

「悪かったな……俺の都合で伝える機会を先延ばしさせて」

『気にしないで。晃の気持ちは全部わかってるから』


日和はそう言って電話を切る。

さすがは俺の妹といったところだろうか。

それにしても、俺の家族は察しが良すぎる。

そのおかげで、こうして問題にならずに済んでいると思うと感謝しかない。

その後、俺はしばらく夜風に当たりながら、これからのことを考えていた。

まさか葵さんがドアの向こうで、俺と母さんの会話を聞いていたとも知らずに。

＊

「これで最後のテスト結果が返ってきたわけだが……」

授業が終わると、俺たちは葵さんの席を取り囲み、息を呑《の》んでいた。

葵さんのこれまでのテスト結果は全て赤点回避。

どの教科も平均点とまではいかなかったものの、それに近い点数を取ることができた。勉強合宿をしたとはいえ、短い勉強期間でこれだけの結果を残せたのは葵さんの努力の賜物《たまもの》。

そして残るはこのテスト結果のみ。

他の教科が赤点を回避できたとはいえ、教師たちの印象を完全にいいものにするとすれば、全教科赤点回避が望ましい。

「葵さん……どうだった？」

泉が祈るように手を合わせるのを横目に尋ねる。

すると、葵さんは顔を半分隠すようにテストを掲げた。

「おおお……」

赤字で書かれていた点数は六十三点――。

「やったー！」

泉が感激のあまり声を上げて葵さんに抱き付く。

あまりにもでかい声で周りの生徒が驚いていたが、俺も声を上げたい気分だった。

「やったな、葵さん！」

「ありがとう。みんなのおかげ」

葵さんは泉を抱きしめながら安堵《あんど》の表情を浮かべる。

俺と瑛士《えいじ》も気持ちは同じ、安心したせいか大きく息を漏《も》らした。

「葵さん、本当に頑張ったな。これで先生たちの印象が変わるといいけど」

「嫌でも変わるさ。中間テストでほぼ赤点だった生徒がこれだけの点数を取ったんだから」

瑛士の言葉を聞いて、本当にそうあって欲しいと願う。

するとと泉が葵さんに抱き付いたまま話し出す。

「先生の印象といえばね、前に行った児童養護施設の施設長さんから、葵さんにお礼を伝えて欲しいって引率の先生に連絡があったらしいよ」

「本当か？」

「葵さん、帰り際に女の子とした約束を守るために時間を見つけてちょこちょこ会いに行っているでしょ？　そのことが施設長さんたちの耳に入って、先生にお礼の電話があったんだって」

「そうか……」

やっぱり見るべき人は見てくれているんだな。

「これで最初に考えた目標はほとんど達成できたんじゃない？」

「そうだな」

泉の言う通り、ほぼ……いや、想像以上に上手くいったと思う。

こうなるように努力していたとはいえ、形になると達成感が違う。

夏休み中は泉が友達と遊びにいく機会を作ってくれるし、ボランティアも毎週日曜日に活動がある。懸念《けねん》していた長期休みによって築き上げたものが崩れてしまうような心配はない。

一学期にやり残したことがあるとすれば一つだけ。

それは葵さんの居住問題――。

これぱかりは解決方法が思いつかないままだが、仕方がないとも言っていられない。今後は葵さんのおばあちゃんの情報をどうやって集めるかが課題だが、今は手放しに喜ぼう。

「とにかく、これで夏休みの補習は免れたね！」

「そうだな」

「そうと決まれば打ち上げをしよう！」

「打ち上げって、このまえ温泉行っただろ」

「あれはテストが終わった打ち上げ、今回はテスト結果の打ち上げ」

泉はどや顔で言って見せるんだが。

「泉が騒ぎたいだけのような気がするが」

「否定はしないけど、お祝いの一つもしてあげたいじゃん？」

まぁ、それは同意だ。

努力が実を結んだなら褒めてあげたい。

もしかしたら葵さんは今までそんな機会すらなかったんじゃないかと思うと、お祝いをしてあげたい気持ちは俺にもある。帰りにプリンを買い占めようと思ってたくらいには。

「じゃあ今日の放課後、晃君の家でいい？」

「ああ。俺もみんなに話したいことがあったからちょうどいい」

「決まりね♪」

こうして放課後、俺の家で打ち上げ第二弾が決定した。

喜ぶ三人を見つめながら、俺は夏休みにするべきことを考えていた。

＊

「改めまして、葵さん赤点回避おめでとう！」

放課後、俺の家のリビングに泉の声が響くと同時、クラッカーの音が響いた。

テーブルの上には学校帰りに買った山盛りのお菓子と飲み物、そして葵さんの好物のプリン。

「みんな、ありがとう」

「これで夏休みは気兼ねなく遊べるね！」

「うん……」

気のせいだろうか？

返事をする葵さんの表情が少しだけ曇って見えた。

「夏休み、どこに行こうね～。海もいいしプールもいいけど、山奥の避暑地なんかもいいしね。なんだったら全部行っちゃおうか。時間はたくさんあるんだし」

「そのことなんだが──」

遊ぶ予定で頭の中がいっぱいの泉には申し訳ないと思いつつ口を挟む。

「夏休みは遊ぶだけじゃなくて、一つやりたいことがあるんだ」

「なーに？」

泉が首を傾《かし》げる。

「夏休みを利用して、葵さんのおばあちゃんを探したいと思ってる」

そう口にすると、泉も瑛士も俺の言葉に耳を傾けてくれた。

「泉の協力でクラスメイトとの距離は縮まったし、学校の奉仕活動に参加したりテスト結果が良かったこともあって、当初考えていた問題はいい感じに改善できてると思う。それは素直に喜ぶとして、もう一つの問題を忘れちゃいけないだろ？」

その問題は他でもない、葵さんの居住問題。

今まではまとまった時間が取れないこともあり先送りしてきたが、葵さんのおばあちゃんを探すなら、夏休みという比較的自由な時間を使わない手はない。

「もちろん全く当てがない状況だから、そう簡単に見つからないのはわかってる。だからこそ夏休みという自由な時間を使って手がかりを探したいと思ってるんだ」

「そっか。そうだよね」

泉は一転して真面目に考え始める。

「でもさ、探すって言ってもどうしたらいいんだろう？」

「そこなんだよなぁ……」

言い出しておいてノープランなのは申し訳ないが、そうしたいという気持ちが先行していて明確な案があるわけじゃない。

「遊びに行けばいいんじゃないかな？」

すると瑛士が話を戻そうとする。

「いやだから、遊びに行くのもいいけど手がかりをだな――」

「その手がかりを探しに、あちこち遊びに行くのさ。家がどこにあるかわからなくても、県内なのはほぼ間違いないんだから、遊びがてらに全ての市町村を見て回る。色々な街を見て回れば葵さんの記憶が触発されて、見覚えのある場所が見つかるかもしれない」

「……なるほど」

それは悪くない案かもしれない。

俺が今まで初恋の女の子のことをすっかり忘れていたのに葵さんと出会って思い出したように、過去に見た景色や風景を見ることで葵さんの思い出が蘇《よみがえ》る可能性はある。

少なくとも、どうするか悩んで行動に移せないよりよっぽどいい。

「葵さん、どうかな？」

俺が尋ねると葵さんは小さく頷き。

「私のために色々考えてくれてありがとう。でも、私のせいでみんなの夏休みを潰《つぶ》すのは申し訳ないな……」

「そんなことないよ！」

俺より先に泉が声を上げた。

「遊びのついでに見つけられたら一石二鳥みたいな感じだし。それに申し訳ないなんて水くさいこと言わないで。わたしたち友達なんだから、協力するのは当然でしょ。ね、晃君」

「遊びのついでって言い方はあれだが、水くさいこと言わないでってのは同意だな。なんだかんだ俺たちも楽しんでるところがあるし、なにより友達なんだから遠慮しなくていいさ」

「うん……本当にありがとう」

それでも葵さんが遠慮してしまうのも仕方がない。

そう口にしながら浮かべた笑顔は、出会った頃のような申し訳なさの残る笑顔だった。

「そうと決まればさっそく計画を立てよう。一ヶ月あるとはいえ、無計画にあちこち行くだけじゃ時間は足りない。まずは葵さんの記憶を頼りに可能性の高い候補地を絞ろうか」

「そうだな」

こうして俺たちはスマホの地図アプリを片手に候補地探しを始めた。

きっとこの夏は慌ただしくも充実した日々を過ごすことになるんだろう。

＊

その夜——。

瑛士と泉が帰った後、俺と葵さんは夕食と風呂を済ませリビングでのんびりしていた。

気が付けば時計の針は十一時を過ぎ、なんだかんだいい時間。

「葵さん、そろそろ寝ようか」

「え？　あ、うん……」

葵さんはなにか言いたそうに言葉を濁す。

「どうかした？」

「ううん。なんでもない」

そう口にする葵さんの表情はどこか硬く見えた。

何かを考えているような、緊張しているような、そんな感じ。

「なにかあるなら話聞くけど」

「ううん。大丈夫、ありがとう」

葵さんはそう口にすると立ち上がり、一緒にリビングを後にする。

「おやすみなさい」

「ああ。おやすみ」

部屋の前で別れ、俺は自分の部屋に入ってベッドに横になる。

葵さん、なにか思い詰めた様子にも見えたけど、どうしたんだろうか？

瑛士や泉がいた時は普通だったし、なにかあったというわけでもないだろう。

明日も様子がおかしかったら、ちゃんと話を聞いた方がいいな。

なんて思っているうちに睡魔に襲われ、次第に意識が沈むように遠くなっていく。眠りに落ちていく心地よい気分に包まれ、今まさに眠り込もうという時だった。

「ん……？」

ふと背中に妙な温《ぬく》もりを感じた。

なんだろうと思いながら目を開け、背中の向こうを窺《うかが》って息がとまる。

「あ、葵さん……？」

暗闇《くらやみ》に包まれていてどんな表情をしているかわからないが、そこにいたのは葵さん。

俺のベッドの隣で横になり、俺の背中に縋《すが》りつくように寝そべっていた。

「葵さん……どうしたの？」

「……」

葵さんは黙ったまま。

なんだなんだ、どうして葵さんが俺のベッドに⁉

混乱する思考とまさかの状況に理解が追いつかない。

これじゃまるで夜這《よば》い――。

「いいよ……」

葵さんは小さく呟《つぶや》く。

その声にただならぬ意志の強さを感じた。

「いいって、なにが……？」

「泉さんから貰《もら》ったあれ、使ってもいいよ」

「なっ――!?」

つまりそれは、恋人たちが愛を確かめ合うために致す行為を意味している。

「いいって……」

葵さんがこんなことを口にするなんて信じられない。

きっとこれは夢に違いない。何度もこんな妄想を繰り返したせいでリアルな夢を見ているんだと思い、布団《ふとん》の中で自分の腕を抓《つね》ってみるが鈍い痛みがそれを否定する。

マジか……でも、どうしていきなり？

「私には、もうこれくらいでしかお返しできないから」

その言葉を聞いた瞬間、一瞬で冷静になる自分がいた。

俺は身体を起こして葵さんと向き合う。

「お返しなんて気にしなくていいって言ったろ？」

「……私じゃだめ？」

わずかに月明かりが差し込む中、葵さんの表情が切なそうに歪《ゆが》む。

それでも俺は、受け入れることなんてできない。

「ダメなんてことはないさ。俺も男だからさ、正直言えば魅力的な提案だし、興味がないわけじゃないけど……だからってお返しのために身体を許すのは違うと思うんだ」

「…………」

「そこまでして俺のためになにかしたいと思ってくれるのは嬉しいけど、もっと自分のことを大切にして欲しい。前にも言ったけど、俺は見返りが欲しくて葵さんに手を差し伸べたわけじゃないいんだからさ。気持ちだけで充分嬉しいと思ってるよ」

「うん……」

葵さんが俺のためになにかしてくれることは嬉しい。

そこまでして受けた恩を返そうとしてくれる気持ちも理解できる。

でも、そんなことをしてくれなくても、俺は充分返してもらってる。

葵さんと一緒に暮らすようにならなければ、一人暮らしを寂《さび》しいと自覚することもなく、誰かと一緒にいられることを幸せだと思うこともなかった。

繰り返す転校で人との別れなんて慣れたものだと思っていたから、こんなにもみんなと離れ離れになりたくないと思うようになるなんて、少し前の自分だったら考えられなかった。

それを自覚することができたのはきっと幸せなことで、全部葵さんがいてくれたおかげ。

だから、本当になにかで返そうなんて思わなくていい。

「さあ、部屋に戻ろう」

「うん」

俺は葵さんを見送り、葵さんが自分の部屋に戻るのを確認してからベッドに戻る。

少しでも葵さんの負い目を少なくしてあげたい。

そのためになにができるだろうかと考えながら、改めて眠りへと落ちていった。

＊

翌日、葵さんの様子はいつもと変わらなかった。

昨晩あんなことがあったから、お互い妙に意識して気まずくなったらどうしようかと心配していたが、葵さんはまるで何事もなかったかのようにいつも通りだった。

その姿を見て、俺はほっと胸を撫《な》でおろしたのだった。

ただ——後になって思うこと。

この時、葵さんの夜這いを断ったのは、失敗だったんじゃないかということ。

あれは葵さんにとって、これ以上ない覚悟の表れだったんだと思う。

俺はそんな葵さんの覚悟に気づくことができず、格好をつけて断った。

もちろん気づいたとしても受け入れることはしなかったが、気持ちだけでも受けとめてあげることができたはず……せめて俺が、自分の想いを口にできていれば違ったはずだ。

あれほど瑛士に『大切なことほど話し合う必要がある』と言われていたのに、いつしか葵さんのことをわかったつもりになって、疎《おろそ》かにしてしまっていたのかもしれない。

いつだって気づいた時には手遅れだから嫌になる。

数日後の終業式の日——俺はいつものように葵さんより先に学校へと向かい、葵さんが登校するのを待っていたんだが、葵さんが学校に現れることはなかった。

第八話　お互いに隠していた本心

「晃君《あきら》、葵《あおい》さんは？」

終業式当日の朝、泉《いずみ》は心配そうな表情で尋ねてきた。

「いや……わからない。そろそろ来るはずだけど」

始業の時間が迫っているが、葵さんはまだ登校していなかった。

いつも俺《おれ》が先に家を出て、葵さんは少し遅れて家を出るようにしているが、こんな時間になっても葵さんが学校に来ていないことは今までなかった。

「どうしたんだろうね」

「確かにな……」

そんな会話をしながら窓の外に目を向ける。

嫌な胸騒《むなさわ》ぎがするのは、空を覆《おお》う真っ黒な雨雲のせいだろうか。

天気予報では午後から雨が降るらしいが、今すぐに降り出してもおかしくない。

「葵さん、何か言ってたかい？　体調が悪いとか」

「いや、そんなことは言ってなかった。いつも通り元気そうだったけど」

「じゃあ最近なにか変わったことは？」

「いや……」

変わったこと――。

葵さんが俺に身体を許そうとした時のことが頭をよぎる。

「まさか事故とか……」

泉が不安そうな表情で言葉を震わせる。

「まだそうと決まったわけじゃないし時間もある。もうちょっと待ってみよう」

「そうだな」

自分を落ち着かせるように言いながらスマホを確認してみるが、連絡は来ていない。

それどころか、俺が少し前に送ったメッセージも既読になっていない。

結局、葵さんは登校しないまま始業のチャイムが鳴りホームルームが始まる。学校に連絡が来ている可能性も期待したが、教師は葵さんが来ていない理由を把握していなかった。

なにかあったとしか考えられない。

まさか泉の言うように事故にあっているとか？

一度可能性を考えだすと際限なく悪い想像が頭をよぎる。

そうこうしているうちにホームルームは終わり、終業式に参加するためクラスメイトたちが体育館に移動を始めた。

とてもじゃないが、このまま参加する気にはなれなかった。

「瑛士《えいじ》、泉、ちょっといいか？」

俺はクラスメイトに続こうとする二人を呼びとめた。

「俺、葵さんを探しにいくよ。終業式は抜けるから、先生には適当に説明しておいてくれ」

「わかった。見つからないようなら連絡をして。僕たちも終業式が終わり次第探すから」

「ああ。頼む」

手短に用件を伝えると、俺は教室を後にした。


学校を抜け出した俺は急いで家に向かった。

きっと急に体調が悪くなって家で休んでいるに違いない。

だからスマホに連絡をしても気づかないんだろう。

そう自分に言い聞かせながら家に着き、ドアを開ける。

「……葵さん！」

だが葵さんの返事はなく、俺の声が家の中に響くだけ。

中に上がって家中を探してみるが葵さんの姿はなく、日和《ひより》の部屋から私物もなくなっていた。

玄関に葵さんの靴がなかった時点で、家にいないことはわかりきってはいた。

それでも探さずにはいられなかった。

「葵さん……どこに行ったんだ」

改めてスマホを確認してみるが連絡はない。

まさか、もう会えないんじゃ――。

考えた瞬間、胸を握りつぶされるような苦しみと虚無感に襲われる。

自分の呼吸が震えていることに気づき、一度冷静になれと言い聞かせるものの感情のコントロールができない。血の気の引くような感覚と共に、手のひらが冷たくなっていく。

無理やりにでも落ち着こうと、台所でコップ一杯の水を飲み干す。

大きく深呼吸をして部屋を見渡すと、リビングのテーブルの上に一枚の紙が置いてあるのを見つけた。

「これは……」

手に取ったそれは、葵さんからの書き置きだった。

『今までありがとう』

明確に別れの言葉を示した一言。

でも、それを短いとは思わなかった。

自分の気持ちを言葉にすることが苦手な葵さんは、きっとこの一言に全《すべ》てを込めた。

言いたいことを全て飲み込んでこの言葉を残したんだろうと思うと、葵さんの心の裏側に、いったいどれだけの複雑な想《おも》いがあったんだろうと思わずにはいられない。

俺がその本心に気づけなかったから葵さんはいなくなったんだろう。

「……いや、そんなことを嘆いてる場合じゃないだろ」

心がくじけそうになるのを踏みとどまる。

気づけなかったのなら聞けばいい。

俺が葵さんの本心に気づけなかったように、葵さんだって俺の本心を知らない。

他人である二人がわかり合うためには、話をしなければ始まらない。

たとえ葵さんが戻ってこないとしても、最後にもう一度話したい。

そう思うと、自然と足に力が戻っていた。


それから俺は、葵さんを探して街中を走り回った。

真っ先に向かったのは葵さんのアルバイト先。そこに葵さんがいるはずないと思いながらも、わずかな可能性に期待をせずにはいられない。

「すみません！」

喫茶店《きっさてん》に着くなり準備中の看板を無視してドアを開ける。

俺に気づいた店長は、驚いた様子でこちらを見た。

「晃君？　そんなに慌ててどうしたんだい？」

「葵さん、来て、いませんか……」

息を整える時間すら惜しい。

「いや、来てないし、今日は午後のシフトも入ってないけど……なにかあったのかい？」

「葵さんが、学校に来てなくて」

「え……？」

準備をしていた手がとまった。

「葵さんからなにか聞いていませんか？」

「いや、特にはなにも」

「そうですか。わかりました」

「ちょっと待ってくれ」

喫茶店を後にしようとして呼びとめられた。

「僕も探しに行くよ」

「……いえ、ここにいてください。葵さんがここに来るかもしれないので、もし来たら引きとめておいてください」

そう伝えて、置いてあったメモ帳に自分の携帯番号を書きなぐる。

「これ、俺の連絡先です。お願いします」

「わかった」

手短に用件を伝えると、俺は喫茶店を飛び出す。

それからはもう、手当たり次第だった。

初めて葵さんと出会った近所の公園。

葵さんが母親と住んでいたアパート。

二人で買い物に行ったショッピングモール。

心当たりのある場所は全て行ってみたが、そこに葵さんの姿はない。

空模様は相変わらず怪しく、昼前にも拘《かか》わらず夕方のように暗かった。

走り疲れ、今にも足がとまりそうになった時だった。

「……瑛士？」

不意に鳴ったスマホを見ると、瑛士からの着信だった。

『葵さんは見つかったかい？』

「いや……家に帰ったら『今までありがとう』って書き置きがあって、たぶん帰ってこないつもりで家を出たんだと思う。心当たりのある場所は全部回ったんだけど見つからなくて」

『そうか……』

スピーカーモードで話をしているんだろう。

瑛士の他に、もう一つ溜《た》め息《いき》が聞こえた。泉が傍《そば》にいるんだろう。

『もしかしたら、もうこの街にいないのかもしれないね』

「どうしてそう思うんだ？」

『僕らが夏休みにやろうとしてたことを、一人でやろうとしてるんじゃないかな？』

俺たちがやろうとしていたこと。

おばあちゃんの住んでいる家を探すこと。

『葵さんが頼るとすればおばあちゃんしかいないわけだしね』

確かにその可能性は高いのかもしれない。

だとしたら、もう探しようがないじゃないか。

『わたしはそうは思わない』

すると泉がはっきりと口にした。

『葵さんはわたしたちとの繋《つな》がりを全部捨てていなくなるような子じゃない。たぶん……悩んで悩んで、もうどうしていいかわからなくて、ちょっと迷子になってるだけだと思うの。きっとこうしてる今も、答えが出せないままどこかで悩んでるんだと思う』

ふと出会った時のことを思い出した。

行く当てもなく、一人公園で佇《たたず》んでいた寂《さび》しそうな姿。

『晃君、見つけてあげて』

泉の言葉に力をもらったような気がした。

「……もちろんだ」

何度だって見つけてやるし、何度だって連れ帰ってやる。

たとえ拒否されようと、優しさの押し付けだろうと、俺はまだ葵さんと一緒にいたい。

「でも、他に葵さんがいそうな場所なんて……」

『もしまだ葵さんがこの街にいるとすれば、きっと思い出の場所にいるんじゃないかな。こういう時、人は無意識に思い出の場所に行こうとするらしいよ。晃と違って、葵さんは僕や泉と同じくずっとこの街にいたから、思い出の場所といっても晃の知らないところもあるだろうけど』

思い出の場所。

その言葉を聞いて頭に浮かんだ場所が一つ。

「葵さんが通ってた幼稚園てどこかわかるか?」

『わたしはちょっとわからないな……葵さんと一緒なのは中学からだから』

「そっか……」

もしも葵さんが思い出の場所を巡るとしたら、そこだろうと思った。

葵さんが前に言っていた、一人孤立していた葵さんに手を差し伸べてくれた男の子のこと。

葵さんにとって最も思い出深い場所といえば、そこ以外に考えられない。

こうなったらしらみ潰《つぶ》しに全部の幼稚園を探そうと思っていると。

『僕は知ってるよ』

「本当か⁉　場所は⁉」

どうして瑛士が知っているかなんてどうでもいい。

今はそんなことを気にしている余裕はない。

『スマホに住所を送るよ。晃、頑張ってね』

「ああ。ありがとうな」

通話を切ると、すぐに瑛士から住所が送られてきた。

マップを開き、場所を確認して思わず固まった。

「嘘《うそ》だろ……？」

スマホの画面に表示されたのは、見覚えのある幼稚園の名前と場所。

そこは、俺と瑛士が通っていた幼稚園だった。

「なんで……じゃあ、俺と葵さんは同じ幼稚園だったってのか？」

いや、今はそんなことを考えてる場合じゃない。

次々と湧《わ》いてくる疑問を振り払い、急いでその幼稚園へ向かった。

向かう途中、とうとう雨が降り出した。

ぽつりぽつりと降り出した大粒の雨は、目的地に近づくにつれて勢いを増していく。

ようやく幼稚園に着いた時には、もう傘なしではいられないほど強くなっていた。

「ここだ……」

幼稚園に着いた俺は、息を整えながら辺りを見渡す。

ここに来たのは幼稚園の卒園式以来、九年ぶり。

記憶の底に埋もれ思い出すこともなかったのに、こうして足を運んで目にすると懐かしい気持ちが込み上げてくるから不思議だ。

徐々に記憶が鮮明になっていく感覚を覚える。

今日は休みなんだろうか。電気は消えていて人の気配はない。

「葵さん……」

敷地に沿って周りを歩いていると、中庭が見渡せる柵の前に葵さんの姿があった。

葵さんを見つけたことで冷静さを取り戻した俺は、一度大きく息を吐《つ》いて傘を開く。

そっと近づき、葵さんの頭上に傘を差し出した。

「……晃君？」

葵さんは俺を見上げる。

初めて公園で出会った時のように不安そうな表情を浮かべながら。

「傘も差さずにこんなところにいると風邪ひくぞ」

葵さんは小さく頷《うなず》くと、また幼稚園に視線を向けた。

「ここが葵さんの通ってた幼稚園？」

「うん。最後に見ておきたくて……」

最後という言葉に、葵さんがこの街を出ていくつもりなのを確信する。

それと同時、もう一つ確信したことがあった。

まさかとは思ったが、瑛士の言う通り葵さんは俺と同じ幼稚園出身だった。

であれば当然、俺と葵さんは出会っているはずだ。

葵さんを探すために置き去りにしていた疑問に改めて向き合う。

すると、思い出の場所に来たからだろうか。俺の中でバラバラになっていた記憶と、これまで葵さんから聞いてきた話が頭の中で繋がっていく。

導き出されたのは、一つの可能性――。


当時、俺が通っていた幼稚園に一人の女の子がいた。

今にして思えば初恋相手だったその子は、いつも一人でいて、妙に気になった俺は一生懸命話しかけ、ようやく少し話せるようになった頃に父さんの転勤で別れることになった。

葵さんは当時、内向的な性格からいつも一人で過ごしていた。

そんな時、葵さんは傍にいてくれる男の子と出会い、話をするわけでも一緒に遊ぶわけでもなかったが、隣にいてくれるだけで救われていたらしい。


違う――あの子は葵さんじゃない。

今はっきりと思い出した。

あの子の名字《みょうじ》は篠田《しのだ》で間違いない。

相変わらず名前は思い出せないが、名札に記されていた名字だけは覚えている。

全てが繋がったと思いかけたが、自身の記憶が可能性を否定する。

だが次の瞬間、俺は大切なことを見落としているのに気づいた。

「まさか……」

それは、ありえない話じゃない――。

「葵さん、一つ聞いていいかな？」

「……なに？」

「葵さん、この幼稚園に通っていた頃、名字が違ったりした？」

「うん。両親が離婚する前だから、お父さんの名字の篠田だった」

体中を貫くような衝撃を覚えると同時、あの子の名前が蘇《よみがえ》る。

「あおい……」

思わず自分の口を押さえながら、あの子の名前を呟《つぶや》く。

そう――あの子の名前は、篠田葵。

「……………」

驚きと懐かしさと感慨深さと、様々な感情が一気に押し寄せて言葉にならない。

どこかで元気にしてくれていればいい。いつかまた、どこかで会えたらなんて、ドラマみたいなことを思っていたが、俺はとっくに再会していたんじゃないか。

こんなのもう、運命だろ――。

色んな感情が頭を駆け巡った後、溢《あふ》れてきたのは一つの想い。

やっぱり俺は、葵さんにいて欲しい。

「葵さん、帰ろう」

俺がそう声を掛けると、葵さんは首を横に振った。

「帰れないよ……」

「どうして?」

「これ以上、迷惑を掛けられないもの……」

溢れた想いは雨音にかき消されそうなほどに弱々しく響く。

「迷惑なんてことはないさ。そんなふうに思ったことは一度もない」

「うん。晃君がそう思ってくれてることはわかってるよ。晃君だけじゃない……瑛士君も、泉さんも、迷惑なんて思ってないこともわかってる」

「だったら――」

「でも、私がダメなの」

葵さんは悲痛な表情で唇を噛《か》む。

「みんなが私のために頑張ってくれるのは優しさだってわかってるのに、それでも私が迷惑を掛けてるって思ってしまうの。なにも返せないのに貰《もら》ってばかりで、みんながそれでもいいって言ってくれたとしても、私がダメ……耐えられないの」

ああ、そういうことか。

つまりこれは、葵さんの受けとめ方の問題なんだ。

感謝をしている。でも、それ以上に迷惑を掛けていると思わずにはいられない。

俺たちの善意が、知らないうちに葵さんを苦しめているなんて思ってもみなかった。

いや、違う――葵さんは何度も『迷惑を掛けて申し訳ない』と言葉にしていたし、態度でも示していた。それこそ身体を許してまで返そうとするほどに。

俺たちがそれを真剣に受けとめなかっただけで、葵さんは最初からそうだった。

これはきっと、こんな傍にいるのに心の深い部分を見せ合うことができなかった結果だ。

だからと言って葵さんを責めることはできない。葵さんの気持ちや性格を考えれば、善意で手を差し伸べる相手に、そんなことは言えなかったはずだ。

瑛士が言っていた『相手が話してくれるとは限らない』という言葉が頭をよぎる。

どれだけ大切に思っていても、感謝をしていても、言葉にできないことだってきっとある。

それでも葵さんはこうして口にしてくれた。

だったら俺も言えなかったことを言わなければいけない。

葵さんと出会ったおかげで理解できた、自分の心の内を。

「それでも俺は、葵さんと一緒にいたいと思うよ」

「晃君……」

もしかしたら、俺が言おうとしている言葉は残酷かもしれない。

負い目を感じながら、それでも一緒にいてくれと言っているんだから。

でも違うんだ。

俺が葵さんに伝えたいのは、そういう意味じゃない。

「葵さんのためだけじゃない。俺が葵さんと一緒にいたいんだ」

瑛士にも泉にも言えなかった本心。

いつからか、ずっと俺の心を痛め続けていた感情の全てを。

「最初は葵さんのためだった。葵さんの境遇を知って、転校するまでの間だけでも、俺にできることがあればしてあげたいと思った。でも、途中からは違ったんだ……」

「……違った？」

「葵さんのためじゃなくて、自分のためだった」

「自分のため？」

葵さんは俺の言葉を繰り返す。

「俺はいずれ転校する。今までは仕方がないって割り切ってきたけど、瑛士と泉と出会って、葵さんと一緒に暮らすようになってから毎日が楽しくて……転校したくないって思うようになったんだ。どうにかして、この生活を続けたいと思うようになってた」

初めて口にした想いは容赦なく自分の心を握りつぶす。

「転校が当たり前になっていた俺にとって、友達との別れなんて慣れっこでさ、いつからか寂しいって思うこともなくなっていたんだ。そんな自分が、こんな気持ちになるなんて思ってもみなかった。でも思うんだ……気づけたことは、きっと幸せなことなんだって」

それでも絞り出すように言葉を続ける。

「葵さんは俺になにも返せてないって言うけど、そんなことない。葵さんが一緒にいてくれなかったら、こんな気持ちにはならなかった。本当に大切なものがなんなのかわからないまま、また諦《あきら》めて転校していたと思う。葵さんのおかげで、やっと気づけたんだ」

俺の方が感謝してもしきれないって、本当はとっくに気づいていた。

でも、それを言葉にできずにいたんだ。

「もう充分すぎるくらい返してもらってたんだよ」

「晃君……」

自分の気持ちを言葉にしていて声が震える。

でも、最後まできちんと伝えなくちゃいけない。

「葵さんが負い目を感じているのはわかってる。それがどうしようもないこともわかってる。それでも俺は、残り僅《わず》かな時間を葵さんと一緒に過ごしたいと思ってる。だから葵さんのためだけじゃない。俺のために、どうか一緒にいて欲しい」

この一言が、俺の偽りのない本心——。

「俺には葵さんが必要なんだ」

上手《うま》く伝えられたとは思えないし、ずいぶん自分勝手なことを言っているとわかってる。でもようやく伝えられたことで、どこか憑《つ》き物《もの》が落ちたような清々《すがすが》しさを感じる。

しばらく沈黙が続き、それまで聞こえていた雨音が妙に静かになった気がした。

「誰《だれ》かに必要だなんて、初めて言われた……」

ぽつりと漏《も》らした言葉と共に、かすかに鼻をすする音が聞こえた。

葵さんは俯《うつむ》いたままで、どんな表情をしているかはわからない。

「私、傍にいていいの？」

雨音にかき消されそうなほど小さな声。

葵さんは縋りつくように俺の胸に手を当て、シャツを握り締める。

「ああ。頼むから、傍にいて欲しい」

震える葵さんの手に自分の手を重ねる。

どれくらい経《た》っただろう。

気が付けば雨はやみ、雲の隙間《すきま》から陽《ひ》が差していた。

Epilogue

エピローグ

「それで、初恋の女の子と再会した感想は？」

数日後、葵《あおい》さんのアルバイト先の喫茶店《きっさてん》で瑛士《えいじ》がそう尋ねてきた。

夏休みに入ったからだろうか。

店内は学生で賑《にぎ》わっていて、葵さんはさっきからずっと忙しそうにしている。

「別に……だからってなにも変わらないさ」

結果的に葵さんがあの女の子だっただけのこと。

もちろん驚きはしたが、葵さんがあの子じゃなかったとしても俺《おれ》は同じことをしていた。

「ていうか瑛士……いつから葵さんがあの子って気づいてたんだ？」

「当然、最初から気づいていたよ」

「最初から⁉」

「晃《あきら》と葵さんが同じ幼稚園だったように、僕と葵さんも同じだったからね。同じクラスになることはなかったけど、小学校も中学校も同じ。学区が同じなんだから当然だろ？」

「それはそうだろうけど……だったらなんで教えてくれなかったんだよ」

「教えたらつまらないじゃないか」

「つ、つまらないって……」

瑛士は珍しくからかうような顔を見せる。

「二人の出会いが運命なら、放っておいても何かのきっかけで気づくと思ってさ。まさか初恋の相手だと知らずに同居を始めた時は驚いたけど、これは面白《おもしろ》いことになってきたなって楽しませてもらってたんだ」

「なんだよ……まさか泉《いずみ》も知ってたのか？」

「ううん。あの時、晃君との電話を切った後に教えてもらったの。聞いた時は本当に驚いたけどなんだか感動しちゃった。これが運命ってやつなんだな～って♪」

なんだかしてやられた気分。

「それで、葵さんはなんて？」

泉が目を輝かせながらテーブルに身を乗り出してくる。

「いや……葵さんには、何も話してない」

「はぁ⁉ なんで⁉」

「葵さんはあの時の男の子が俺だって気づいてないんだよ。俺も別に、葵さんが初恋の女の子じゃなかったとしても同じことをしただろうし、あえて言うようなことでもないと思ってさ」

「言った方がいいに決まってるでしょ！」

泉にあきれ顔ですごまれた。

そうは言うけど、今さらどんな顔で言ったらいいんだよ。

実はあの時の男の子は俺で、俺の初恋の女の子は葵さんなんだって？　あの頃《ころ》、俺がいつも葵さんの傍《そば》にいたのは好きな子と友達になりたかったっていうピュアな下心《したごころ》からだって？

いやいや、昔の初恋を告白されてもリアクションに困るだけだろ。

「わかった。わたしが代わりに話してあげる。葵さーん！」

「ちょ、やめろ！　忙しいんだから迷惑だろ！」

葵さんは名前を呼ばれ、カウンターの中から俺たちに視線を向けてくる。

首を傾《かし》げながら『なにかあった？』とアイコンタクトを送ってくるが、俺が必死で手を振ってなんでもないことをアピールすると、笑顔を浮かべて頷《うなず》いていた。

「まあまあ泉、ここは晃の判断に任せようよ」

「つまんないなぁ」

泉は口を尖《とが》らせて不服そうな顔をして見せる。

「それに焦《あせ》らなくても夏休みで時間はたくさんある。お楽しみはこれからさ」

「そうだね。そこはポジティブに考えよう！」

瞬時にテンションを上げて切り替えるのが泉らしい。

おまえはこれ以上ポジティブにならなくていい、とは言わないでおいた。

するとと、なぜかエプロンを外した葵さんが席へとやってくる。

「みんな、私も一緒にいい？」

「いいけど、仕事はもういいの？」

「店長がお昼休憩をくれたの。みんなの分の賄いも作ってくれるから一緒に食べなって」

「やったー！」

喜ぶ泉を横目に、店長に頭を下げる。

店長は軽く手を挙げて応えてくれた。

「よし、みんな揃《そろ》ったことだし、夏休みの計画を立てよう。今年の夏はあちこち遊びに行きつつ葵さんのおばあちゃんの家を探す。そうだ、日和《ひより》ちゃんって夏休みの間こっちに帰ってきたりできないのかな？　せっかくなら一緒に遊びたいし、人手は多い方がいいよね」

「ああ。いいんじゃないか。泉から連絡してみろよ」

「オッケー！」

泉はさっそくスマホを手に取り連絡をすると。

秒で返事が返ってきた。

「オッケーだって！」

泉のスマホを覗《のぞ》き込むと、夏休みはずっとこっちにいるつもりらしい。

葵さんと二人きりの同居生活が送れない……とは言わないでおこう。

「よーし。これでメンバーは揃ったし、今年は遊び倒すよ！」
こうして俺たちは思い思いに夏休みに行きたい場所を口にして盛り上がる。

クラスのぼっちギャルを拾ってからもうすぐ二ヶ月。
どうやら今年の夏は、人生で一番慌ただしい夏になりそうだ。
気が付けばいつの間にか梅雨《つゆ》は明け、空は眩《まぶ》しいくらいの快晴だった。

クラスのぼっちギャルをお持ち帰りして清楚系美人にしてやった話

あとがき

ご無沙汰しております。柚本悠斗《ゆずもとはると》です。

前作の完結から丸一年も間が空いてしまいましたが、ようやく新作をお届けできました。私としてはそんなに間が空いたつもりはなかったのですが、時の流れは早いものですね。


さて、ご存じの方もいるかと思いますが、今作『クラスのぼっちギャルをお持ち帰りして清楚系美人にしてやった話』は、元々ＹｏｕＴｕｂｅチャンネル『漫画エンジェルネコオカ』にて、私がシナリオを担当した漫画動画を小説として書き起こしたものになります。

漫画エンジェルネコオカではシリーズとして連載中で、現在四話まで公開しています。小説とは少し違う面白さのあるストーリーになっているので、是非そちらもご覧ください。


また新作を出したばかりですが、実は十一月にもう一作、ＧＡ文庫から新作を発売します。

こちらは漫画エンジェルネコオカとは関係なく『完全にオリジナルの新作小説』です。

おそらくこの本を手に取っていただく頃には、いくつか情報が解禁されているかと思いますので、ぜひそちらの新作も合わせて追いかけていただけると嬉しく思います。

続いて謝辞です。

小説のイラストをご担当いただいたｍａｇａｋｏ様。

素敵なイラストでキャラクターたちに姿を与えていただき、ありがとうございました。二巻以降でも引き続き、彼らの物語を素敵なイラストで彩っていただけますと幸いです。

ちなみに個人的には日和推しです。

漫画エンジェルネコオカにてイラストをご担当いただいているあさぎ屋様。

小説の発売に伴い、描き下ろし漫画やリバーシブルカバーなど、たくさんのご協力をありがとうございました。引き続き、漫画エンジェルネコオカでもよろしくお願いします。

最後に、いつもお世話になっている担当氏、編集部の皆様。先輩作家の皆様。

小説化にご協力をいただいた、漫画エンジェルネコオカ関係者の皆様。

なにより手に取ってくださった読者の皆様、ありがとうございます。

また次巻でお会いできれば幸いです。

クラスのぼっちギャルをお持ち帰りして清楚系美人にしてやった話

ぼっちギャル
発売おめでとう
ございます!!
YouTube版の
作画をしておりますが
1話の時から
ずっとファンだったので
書籍化されてとても
嬉しいです！
アオイの『恥ずかしい時
手で顔を隠す癖』が
とてつもなく可愛いです！
(アキラの好きそうな清楚系の
服を着させてみました)
キャラクター原案／漫画担当
あさぎ屋

おまけマンガ
ふたりの休日
雨の日のお掃除編
ザーーッ…
うわっ
虫に食われてる
どうしたの？
アオイさんが着られそうな服探してたんだけど
去年買ったシャツが虫に—
—って
え？
アオイさんその格好…
そ、そんなの持ってたっけ？
ずいぶんとスポーティな…
あ、これ泉《いずみ》さんの服なの
もう着ないからって譲ってくれて…
ああ…
掃除するのに動きやすいと思って着てみたんだけど…
変かな？
いやもう全然
似合ってます
グッジョブだ泉…

その服どうするの?
うーん…捨てるにはもったいないし…
じゃあ…
ちょっともらってもいい?
おお~ てるてる坊主か懐かしいな
こういうの子供の頃よく作ってたなって
俺も幼稚園で作った記憶あるわ
窓のとこ飾っても良い?
もちろん
俺やろうか?
大丈夫やらせて
あ、うん…
ドキッ
………
お尻が目の前に…
いや、これは不可抗力…
イス固定係
できた!

お〜
泉と瑛士《えいじ》みたいだ
え?
なんとなくカップルっぽくない?
…そうだね
掃除の続きしなきゃ…
あ、じゃあ手を…
スルッ
あッ…
危な…!!
っアキラ君…
アオイさん大丈夫?!
う、うん
怪我なくてよかった…
ごめんね…ありがとう

きゅっ…
！
…あ、アオイさん…？
…てるてる坊主は
私とアキラ君だよ
え…？
夏休みはアキラ君とたくさん思い出作りたくて…
晴れたらいっぱい…お出かけできるかなって…
ドキ…
……アオイさん今からどこか行かない？
え？でも…
傘さしてさ、少しくらい濡れたって
それはそれできっと
いい思い出になる
でしょ？
…うん

ファンレター、作品の
ご感想をお待ちしています

〈あて先〉

〒105-0001
東京都港区虎ノ門2-2-1
ＳＢクリエイティブ（株）
GA文庫編集部 気付
「柚本悠斗先生」係
「magako先生」係
「あさぎ屋先生」係

本書に関するご意見・ご感想は
右の QR コードよりお寄せください。

※アクセスの際や登録時に発生する通信費等はご負担ください。

https://ga.sbcr.jp/

クラスのぼっちギャルをお持《も》ち帰《かえ》りして清楚系美人《せいそけいびじん》にしてやった話《はなし》

発　行	2021年9月30日	初版第一刷発行
	2024年1月26日	第三刷発行
著　者	柚本悠斗	
発行者	小川　淳	

発行所　SBクリエイティブ株式会社
〒105-0001
東京都港区虎ノ門2-2-1

装　丁　AFTERGLOW

印刷・製本　中央精版印刷株式会社

ISBN978-4-8156-1092-0
Printed in Japan

GA文庫

カノジョの妹とキスをした。3

著:海空りく　画:さばみぞれ

GA文庫

「晴香のこと、忘れさせてくれ」

　あの日、恋人・晴香の拒絶にショックを受けた俺は、時雨にとんでもないことを言ってしまった。留守電に残された、結婚すら視野に入れた晴香の覚悟に恥ずかしくなる。反省した俺は時雨に言葉の取り消しと謝罪を申し出る、が――

「後戻りなんてさせない。絶対に。忘れさせてやる」

　時雨は俺たちの今までの関係をネタに脅迫してきた！　晴香とやり直したいのに、逆らえず時雨にキスをする俺。でもそれが不思議と嫌でもなくて――

　毒々しいまでの純愛。『崩壊』の第三巻！